潘文蓉 著

華文出版社
SINO-CULTURE PRESS

图书在版编目（CIP）数据

这辈子 / 潘文蓉著. — 北京 : 华文出版社, 2025.
3. — ISBN 978-7-5075-6117-3

Ⅰ. I247.5

中国国家版本馆CIP数据核字第2025PP6130号

这辈子

著　　者：潘文蓉
责任编辑：胡慧华
出版发行：华文出版社
社　　址：北京市西城区广外大街 305 号 8 区 2 号楼
邮政编码：100055
网　　址：http://www.hwcbs.cn
电　　话：总 编 室 010−58336239　发 行 部 010−58336212
责任编辑 010−58336197
经　　销：新华书店
印　　刷：三河市人民印务有限公司
开　　本：880mm × 1230mm　1/32
印　　张：8.875
字　　数：199 千字
版　　次：2025 年 3 月第 1 版
印　　次：2025 年 3 月第 1 次印刷
标准书号：ISBN 978−7−5075−6117−3
定　　价：59.80 元

那片土地上的一种历历自语

胡　子

“回哪去，回你家呀？装什么孙子，瞧你那吊儿郎当的嘚瑟样儿，瞅着就硌硬，帮狗吃食的东西，都这么大岁数了啥不比你明白，你少在这跟咱们扯犊子，这厂子就有你这样嘚嘚嗖嗖的人也不带好的。”

“不！反正也没事，吃都吃不上溜了，人能等起肚子也等不起！回家去望房薄喝西北风啊？”

“你多大了还不搞对象？整天扬了二正的，好样儿的你不要，是不是还想要那个贼头贼脑的小偷儿？想和他一辈子要饭去是不？到时候你哭都哭不上溜儿！”

“你给我啥了？就凭我这条件要钱没有，饥荒老鼻子了。谁傻啊，跳咱家的火坑？三十岁之前父敬子，三十岁以后子敬父，你要是个领导我不也‘登科了’。别说一个媳妇，一百个都有，还得站着排让我挑。”振宇边说边慢慢地坐了起来："你咋不问问你自己这辈子都咋样了？"

"这人呐，甭管干啥事说哪就得办哪，绝不能秃噜扣儿，说出来的话不兑现，突鲁反仗的，不是让人讲究嘛？"

最初看到这样"直不愣"的对话时，我被惊到了。猛然间，东北大地的山川河流和粗犷豪放的老少爷们扑面而至，心底所具的对那片土地的炙热似又被点燃了。对东北，一直有着一种与生俱来的喜欢。那片曾经作为新中国的工业重镇拥有无上荣耀、却又在市场经济浪潮中渐渐迷失的黑土地，似乎有着神奇的力量在吸引着我。《这辈子》似乎将这种引力激活了，引爆了我对那个时代那片土地的再一次回眸。

《这辈子》是一部小说，背景就在东北。作品以舒缓的语言为我们讲述了一个故事，故事并不复杂，但简练中引出的却是令人沉思的内涵。

《这辈子》的讲述围绕雷鸣一家展开。20世纪80年代，中国正在经历着一场巨变，不论是国家还是个人都是如此。雷鸣一家是那个时代的缩影，也是那个时代典型的代表，一家两代人在面对时代变化时表现迥异。小说表现了那个风起云涌的20世纪80年代逐渐衍变的复杂过程，通过个人命运、家庭和企业的遭际变化，描写东北在改革过程中的历史运动轨迹，并展现它可能的未来。小说展现了改革岁月中一个家庭的变迁与不适，以小见大，主题悄然提升。

可以说，这是一本土得掉渣的偏纪实性小说，准确说，是作者对于周边的环境和人的真实写照。故事始于20世纪80年代，改革开放以来城市发展过程中的诱惑和反诱惑，金钱与善良的纠结斗争成为小说的主线。因为来源于生活，所以经过亲历者的作者的讲述，小说的内容真实得就像是你我身边的事。

尤其对于我这个从农村走到都市的人来说，这淳朴的文字和简单的家长里短更是具有挡不住的亲切感。文章中灵活运用的东北“土话”，自然散发出醇厚的乡土气息。可以说，这部小说与近几年流行的东北农村题材电视剧倒有异曲同工之妙，两者都是以一种最接地气的语言和故事来透视东北大地上的风土人情和时移世易。

在一条主线统筹之下的《这辈子》所讲述的故事是简单的，但它所体现出的内涵却值得我们深思。

其一，故事的背景是一个值得深思的年代。20世纪80年代，中国的经济、政治、思想、文化等开始进入全新的发展时期。那个时代是相对开放的，那个时代的人们刚从桎梏中解放出来，对未来充满了期许和美好的愿景，有无限向上努力的动力，但心中又有对未来的恐惧和不安。在获得物质满足的同时，当时的人们还面临着诱惑和抵制诱惑的考验。雷鸣及其子女雷振天、雷振宇、凌蝶、语蝶在面对时代大潮时各自内心的波澜及最后的归宿，都恰恰是那个时代最好的诠释。

其次，故事的讲述者既是讲述别人的事，同时也是在讲述自己。小说讲的是东北，作者潘文蓉，也是土生土长的东北人，1971年出生在矿工家庭，是一个住在农村的“城里人”。在当地，农村人骂矿工叫“矿驴子”，矿工骂农村人叫“老倒子”。作者是当地农村人嘴里的“小矿驴”，可是，这个小矿驴想成为一个真正的城里人。在幻想真正步入城里实现身份与现实相统一中努力地找寻着自我人生的出口，在国有企业的关系网中一度失去了信心又慢慢地融入其中，实现了农村“土包子”终于开花了的梦想。在这样的纠缠与清净间，开始了不甘心地无数次尝试追问自我人生的出口。后来，在城市中修行和内审心灵，通过行脚观自心以洞察心灵皈依处。

作者是深谙以小见大、四两拨千斤的神奇力量的。所以他没有讲述一个复杂的故事，甚至语言都是平实、简单的。

作者的语言是一种“向内打开”的语言，内在的安静之下，有“压得住”的东西，修辞非常朴素，却能直面生活内部的气度和本质。在作者看来，这个故事并不是一种有意的设定，而是想通过对身边每个人物的描述和追溯，来呈现一种人类的永恒失落。作者这么多年在向善的路上小心地前行，个中的不易或许只有作者自己知道，幸而，在自己悉心的学习下，对生命内在的反思也愈发尖锐深刻。只是，有时太急于表达自己而显得张力不够、耐力不足，这或许还需要更多的修炼。

方言化的文字或许是这部作品最大的特色，作者的文学技巧显然并不娴熟甚至是青涩的，但故事的内核却发人深省直击人心。作品中的情感是极其浓郁复杂的，但小说里的那种生活已经过去了，一代作家有一代作家的使命，每一代作家都有属于他们的人物。文学需要新的变化，当然，也需要对过往进行记录。地域特色文字语言的运用，较之于王安忆、孙甘露以上海以及上海话为蓝本来勾勒和表述还差点火候，但与一些写作者相比少了浮躁，多了生活质朴。

东北人幽默的狡黠是骨子里的，作者大量汲取东北方言的形式直观地展现了作品想反映的那个时代和时代的故事。这些“掉渣”的语言似乎有点邪和歪，但却真实地直击了内心，这种内在化的语言以外在文字形式表现出来很富有张力感。相比于灵异、鬼怪和悬疑小说，作者的发散性思维并不处于下风；而与宫廷剧的“臆想症”扩大化比，书中人物又似乎活灵活现就在我们身边!

文学就是以写作者的逻辑和思维对现实中人与人之间关系的再重构，文学区别于现实的一个吊诡功能是，即使现实再如何迅疾变化，场景轮换，文学始终坚持最起码的底线和守则；或者说，文学并不如现实那般容易喜新厌旧、流动性地无边延展，总有一些永恒在。所以，作为一个文学写作者，最起码要有坚守，不能随波逐流，要在激荡的现实潮流中记录下自己的观察、思考和拷问。

茨威格在《三大师》中论述巴尔扎克时说：“一个作家的

作品无论就广度讲还是就深度讲都产生了如此惊人的巨大影响，只有通过两种常常互相抵触的成分罕见地汇聚到一起才能实现，即通过一个天才的人与其时代传统的一致性才能实现。”

近日读到一副对联，非常有禅意，以此结尾。

上联：若不撇开终是苦。

下联：各自捺住即成名。

横批：撇捺人生。

目　录

01

雷鸣厂门前要工资病倒

1990年夏日当午，云彩好似被烧化了，太阳就那样高悬在没有一丝云的天空中。似雾非雾的灰气，低低地浮在空中游动着，阳光炙烤得柏油路软软的，人们仿佛踩踏在橡皮泥上。远处的马路上泛着白光，叶子挂着尘土在一动不动的枝条上蜷曲着奄奄待毙，枝条努力地向外伸展着，一群老人站在厂大门外。

站在厂子大门旁边小门的几位老人隔着铁栏杆正在与站在门边的一位经警理论着："这么大的一个厂子工资都开不全，把钱都整哪去了！？还让人活不？都等着饿死啊？！"

经警手扶着小门的铁栏杆，眼睛似看非看地看着老人们，嘴里哼了一声，面无表情地站在那里。

大门前站着的二十几位老人摇晃着紧锁的大门冲着厂办公楼方向七嘴八舌地叫骂着："快点发工资，还让人活不？你们今天不开资我们就不走了。"有几个老人把手里拿着的小板凳放在地上，相互拉扯着坐在了上面。

此时，厂院内的门卫室里慢腾腾地走出来一个矮胖的、身穿警察制服的经警，绷着胖脸，梗梗着脖子，一只手放在兜里，另一只手时而挖着鼻孔，时而挥动着，语调缓慢、声音低沉、眉毛紧锁地看着门前的老人们：“噶啥呀，总吵吵啥呀？谁开资了？咱们还天天上班呢！穷闹腾个啥吧，咋闹也不能放你们进来，都赶紧回家得了，这大热天的，在哪不比在这待着好受？”经警说完伸了伸懒腰，用手轻轻拍打着嘴唇打着哈欠。

“回哪去，回你家呀？瞧你那吊儿郎当的嘚瑟样儿，瞅着就硌硬，帮狗吃食的东西，都这么大岁数了啥不比你明白，你少在这跟咱们扯犊子，这厂子就有你这样嘚嘚嗖嗖的人也不带好的。”站在小门外刚刚与门内经警理论的老人们冲着院内继续你一言我一语地骂着。

“上咱家吃饭去，我还不知道上哪去吃呢？就你们这帮滚刀肉好？也不用用脑子，一条道跑到黑。真没整！”经警一边嘟囔一边白着眼睛，慢腾腾地返身向院内的门卫室走去。

看着经警走进去的背影，人群中一位身材高大，腰板挺直的老人抡起拳头哐哐哐地捶打着大门。捶了十几下后，老人的额头渗出了汗珠，大口大口地喘着粗气，将那只挥动的手撑放在厂子的大门上，另一只手掐在腰间，黑紫色的嘴唇不停地颤抖着：“什么德性？真是混犊子！”

经警转过头看了一眼老人，嘴里小声嘟囔着：“你是什么东西？倚老卖老！”白了白老人，继续往门卫室走。

“俺是什么东西？俺老雷一辈子顶天立地！在单位哪年俺不是模范、标兵，老子抗美援朝扛枪上战场的时候还没有你们这帮黄嘴丫子未退，噶啥啥不行的狗杂种呢！现在是你们这帮扬了二正的兔崽子说得算，老子连饭都吃不上了。”老人指着厂院的大门内大声地骂着。

大门外的经警坐在岗楼门前无奈地笑着看着老人。

围观的人群中挤出来一位六十岁左右的女人奔厂大门走过来，边走边摆手说着：“老哥啊，还真别折腾了。该回去就回去吧，和门卫犟犟有啥用啊？他们也就是个遛腿的，开不开工资和他们八竿子也扯不着，来气都犯不上。现在的企业有几个好的？能开全资的地方也真不多，哎，认命吧。”女人边说边摇着头，向厂院内看了看。

“认什么命啊？认这帮歪嘴和尚念错的经？”老人的眼睛看了一眼院内，回过头又看着女人说：“有钱都往自己兜里揣，企业不好就是他们把活都拉出去干了，再大的家也架不住家贼！全填活他们自己个儿了，看看他们哪个不是吃得脑满肠肥？”老人的手指在厂门前环绕了半圈，一声比一声高地骂着。

女人看了看老人，轻轻地点了几下头：“哎，咱都是班儿对班儿的，我才跟你说啊。闹能咋的？告状都无门！”摇了摇头走回了人群。

“厂长呢，让他赶紧滚出来。来一回不在，来一回不在，他成天噶啥去？躲过初一还能躲过十五了！”大门前的老人们边摇动着厂门的铁栏杆边冲着厂门卫的办公室大声地叫骂着。

这时，警卫室里走出来一位经警。大门内的经警忙点头：“哎，赵处长。”

赵处长看了一眼说话的经警走到厂门前：“我刚才给厂长打

了个电话，他在外面办事呢，开不出资谁都挠头，谁也不好过。现在的厂子有几个好的？又不是咱们一家，不管咋的，天太热了，都这么大岁数了时间长了可扛不了，别晒个好歹的，还是得先回去，等厂领导回来我会再汇报的。”赵处长看着门外的老人，嘴角上扬语气平缓地说道。

老人看了看身边的老人们，举起手大声地问道：“老哥们儿！咱们就这样回去？！”

站在小门边的老人们回答道：“不！反正也没事，吃都吃不上溜了，人能等起肚子也等不起！回家去望房薄喝西北风啊？”

大门前的老人们你一句我一句地回应着：“对，今天就豁出来较较真儿。就在这等这帮狗日的回来！看他们咋说，这帮心让狼掏了的兔崽子！”

“厂子的钱都让他们祸祸没了，吃了、喝了、贪了、给自己投机倒把了吧？就是！我们这代人真是献了青春，献儿女，孩子们上铁路、当老师，哪个不比这强？偏偏不让人家去。非得接这个班来，当什么工人老大哥。现在可好，自个儿活不起，孩子们也不让活！”

“谁给你们权利这么干的？吃国家的、喝国家的、拿国家的、还占老百姓的！你们这帮人面兽心的贪污犯，工资开不出来，面也不敢见！这要是真有枪就冲进去毙了你们这帮混犊子！”老人越说越气愤，脸色越发青紫，瘫软着身子坐在了地上。

“雷鸣、雷鸣、老雷、老雷……”老人们急忙围拢过去，急切地呼唤着。

这时，厂院里跑出来一位三十岁出头的年轻人：“爸，你咋又来了？快回去得了！不都说了领导不在家嘛，过几天再说，快回去！一会儿我妈该着急了。你说你心脏不好，自己咋就不知道注意呢？走！赶紧回家！”一只手掐着老人的人中，另一只手扶起老人的肩膀。回过头，皱着眉和几个老人说，“都回去吧！过几天再说？我爸的脸色不太好，我怕他是心脏病又犯了。”

地上的老人闭着眼睛，额头布满汗珠，伴着粗重而急促的呼吸声。

大家七手八脚地开始忙乱起来，一位站在人群后面的老人喊着：“振天，看他身上有没有药，赶紧吃药啊！”

叫雷振天的年轻人赶紧和大家一起在雷鸣的身上从上到下翻着。

“完了！没药啊！”蹲在雷鸣身边的老人回应道。

雷振天急忙背起雷鸣，往厂子的卫生院跑去。

卫生院的人正在门前议论着，看到雷振天背着雷鸣跑过来，赶紧给他们让进院里，找个病房安排雷鸣吃了药。

大家又开始说起厂子的事：“开不出资就是把钱都用在了不该用的地方，他们为啥那么多钱，哪个自己没有小贴己？”

“哪个都有自己的厂子！咱厂的活，只要他们能干的，就在自己那儿干，实在干不了的才拿到这儿来，只给点加工费，挖也挖空了。真得活气死！”

病房里，老人们都守在雷鸣的身边焦急地看着他，等待他苏醒，也七嘴八舌地感叹着：“哎，真是年龄不饶人啊，咱们真是老了，雷鸣多好的体格说倒就倒，咱们还能折腾多长时间？孩子们不开资，咱们也没钱，这日子可咋过呢？哎……”病房里被压抑的气氛包围着。

此时，雷鸣长出了一口气，缓缓地睁开了眼睛，大家紧张的心终于放下了。老人们没有再和雷鸣多说什么，寒暄了几句保重身体的话，一一告别，慢慢地散去。

02

父子卫生院起风波回家

虚弱的雷鸣躺在病床上，转过身子，斜视着守在身边的大儿子雷振天：“你以为你是啥好东西啊？几个孩子就你读书最多，还就你没有人性。当个小领导就四六不懂了，天天晚回家，天天在外面吃。你挣几个钱？天天在外面吃，你都花的谁的钱？厂子工资都开不出来，你咋就有钱吃呢？”

雷振天看着雷鸣愣了一下，快速地转身来到病房的门前，轻轻地关上了病房的门，转过脸后眼角的上眼皮厚重地搭在下眼皮上，语调生硬地说道：“爸，我看你真是越老越糊涂，你说我有啥能耐能把厂子的钱花了？我倒是真想花，我得有那德性！领导说出去吃饭叫我去，我敢说不去？”振天边说边拿起放在墙角的凳子拿到雷鸣的床边坐下拉长声音：“再说了，这事要是搁别人身上还不乐抽啊，想整还整不上呢！我又不是啥管钱的，多大能耐钱能到我手？你就别往我脸上贴金了。有啥事咱以后在家说成不成？你说你都这么大岁数了，还有心脏病，这天塌下来了就你一个人顶着啊？何必总跟自己的身子对着干呢？以后谁爱来谁来，给别人开就得给你开，别自己总往坑里跳！”

病房的门开了，卫生院的医生走了进来，看着病床上的雷鸣问道："雷鸣是吧？"

雷鸣刚刚还紧蹙的眉头舒展了一些，看着医生哼了一声。

雷振天也连忙站起身将凳子挪开看着医生。

"没啥大事，要是不想住院的话也可以回家。"医生转过头看着雷振天又说道："你们自己合计吧！"

"住什么院，住院。俺这病醒了就醒了死了就死了，在这待着想魂呐？也没有啥好药给俺吃，回家！"雷鸣边说边撑起身。

雷振天半转着身子，上眼皮向上拉起着，斜着眼看了看雷鸣。转过脸看着医生，满脸笑容地说道："麻烦你了，我爸这人脾气不好，说话直性，你千万可别生气，一会儿我和爸再合计合计，回头我找你。"

医生笑了笑走出了病房，雷振天跟在医生的身后走到门前，轻轻地关上了房门，转过身压低声音说："爸，你回家能行嘛？我看还是在这先待着，要不我去找找人看能不能先转院，到外面的医院瞅瞅去？"

雷鸣眼睛看着窗外，语调加重伴着重重的呼吸，声音低沉地说："你可能耐大了去了，还能找人！找人噶啥？赶情谁能找着人谁就能出去看病，找不着人的就等着死呗？"

雷振天睁大了眼睛，后眼皮尽力地向上拉开着，龇着牙，皱着眉，冲着雷鸣用力地摆动着手，示意雷鸣把声音放小："爸！"

雷鸣盯着雷振天的脸："俺就是死也用不着你找人，都说你不是啥好东西，厂子发工资都成问题，你还能找人给你爹到外面看病，还能转院？”边说边弯腰拿起放在地上的鞋，快速地穿上了鞋子，没再看雷振天，大踏步走到病房的门前，用力拉开病房的门，头也不回地往医院大门走去。

雷振天快速地环顾了一下病房里的一切，紧跟在雷鸣身后。走到医生办公室和医生简单说了几句，赶紧追上雷鸣。伸手去扶，却被雷鸣重重地甩开。

雷振天跟在雷鸣身后一路无语回到了家里。

雷鸣走进家门，一声不吭地脱掉鞋子，脸朝墙边躺在了炕上。

艳秋见两人进来就一直弯着腰跟在两人身后，看看雷鸣的脸又看看雷振天的脸。见雷鸣上炕后，冲着雷振天扬起手轻轻地摆动。雷振天走了出去，艳秋轻轻关上房门，快速走到院子里用力地朝振天摆着手，振天慢腾腾地走到艳秋身边。

艳秋用手捂住嘴趴在振天的耳边问道："咋的了？你咋和你爸一起回来了？"

"他在厂门前闹，他是我爹，我还能跑了？这下可好，闹出病了吧。没事就作吧。"振天气愤地说着，脸上的表情严肃，后眼角的上眼皮向上拉着。

艳秋听完后眼睛呆滞，张大嘴看着振天："你爸没事吧？"

"有事还能回来啊？"振天看了看艳秋，用力地喘了一口气。

"我工资也不多，你弟弟也没个家，没个班的。要是他有啥事这一大家子就散了！这可咋办呢？"艳秋边说边拿起围裙的一角轻轻地擦着眼泪。

振天不耐烦地看着艳秋："行了，妈！你是一有事就知道哭天抹泪的，他没事呀，不是好好的嘛，刚才骂我的时候比我还有劲呢！家里不是还有点积蓄吗？先别让他去厂子，去也是白去，又不能只给他一个人开资，别没事找事。你也别总哭，成不成？这辈子就因为哭，爸还少打你了？哎，拿你俩真是一点辙都没有！"边说边摇着头往门外走，临近大门时又走了回来："对了，你也别提这事，就当啥也不知道，我啥也没说，要不又没完了"。

艳秋无奈地看着振天的背影，继续擦着眼角的泪水。

振天回过头看了一眼艳秋："我也得回家，要不小婉那边又来气了。"

艳秋点了点头。

振天转过脸朝大门外走去。

艳秋自从嫁给雷鸣就从没敢大声和雷鸣说过话，听说这件事更害怕了，有些弯曲的脊背更加弯曲地走进屋，小心翼翼地问："老头子，吃饭吧，是下地吃还是在炕上吃？"

雷鸣看了看艳秋："今天不爱动弹，还是放上炕桌在炕上吃吧。"

艳秋端来了热气腾腾的饺子放上了炕桌，扶雷鸣坐了起来，转身要去拿酱油和醋。

雷鸣一把拉住了艳秋的手，看着艳秋问道："你说俺这一辈子一点坏心眼也没有，咋这命呢？"

艳秋怯怯地看着雷鸣的脸。

雷鸣继续说道：“你就说俺对你咋样吧？”

艳秋呆呆地睁大了眼睛看着雷鸣，双手放在围裙的一角不停地扯拽着：“好、好。”

雷鸣拉着艳秋的手示意她坐在身边，仔细地看着艳秋的脸，用手轻轻地抚摸着艳秋的额头：“小老太太也真是老喽，当年的你还真挺好看的，那么多人想和你好，你为啥就要俺呢？俺知道俺这一辈子都脾气不好，但俺的心眼好使。你总说你是俺赖来的。哎，赖就赖吧，反正俺这辈子有你知足了。”一只手拉着艳秋的手，另一只手轻轻地拍打着：“总想和你好好说话，就是改不过来，也真是总和你吹胡子瞪眼。哎，一辈子了，也真难为你了。”边说边拿起艳秋的手紧紧地握在自己的手心里，将另一只手紧紧地放在艳秋的手背：“以后俺不和你吵吵了，你也别总怕俺了啊。”

满脸泪水的艳秋，像小女孩撒娇一样倒在了雷鸣的怀里：“损样吧，一辈子了。”

雷鸣也抱住了艳秋，一只手为艳秋擦着眼泪，另一只手拍着艳秋那瘦弱的肩膀：“老了，人呀不一定啥时候走，和你做了几十年的夫妻，也让你怕了几十年。哎，别哭了！来，咱们吃饺子。”

艳秋离开了雷鸣的怀抱，边擦着眼泪边走进厨房拿来了酱油和醋放在炕桌上。

“来！”雷鸣拿起筷子夹了一个饺子，递到艳秋的嘴边。

艳秋慢慢地将头靠近雷鸣的筷子，看看雷鸣的脸又看看眼前的饺子，轻轻地张开嘴，满脸泪水地将饺子放到了嘴里。

03

麻将室得意后离家出走

雷振宇自从优化组合被下岗后，每天吃过早饭就是出去打麻将，卷曲的头发打满了发蜡，一贯地梳理成燃烧形的爆炸式。烟气熏天的麻将室里坐着几桌正在打着麻将的人，桌与桌之间的缝隙间有几个观战的人站在打牌者的后面。麻将洗牌的声音和时不时人们发出的叫骂声有机地掺杂在一起，好似在强有力地对抗着时而传来的咳嗽声。

“三杠一夹儿，和了！我靠，今天这点子，真他妈兴！”雷振宇哈哈地笑着，将手里的牌重重地摔在麻将桌上“蹭”地站了起来，挥手将自己的牌一一摊开：“瞧瞧，就他妈这点子！”有频率地挑动着眉毛，用手一张张地点着刚被推倒的牌。

身边的麻友阴沉着脸抬头看了看振宇，使劲一推手里的麻将：“不玩了，这几天的点儿都背。”站起身将手里的色子甩到了振宇面前：“也不知道你走了啥狗屎运，这几天连着让你搂。”

“这也少要你的了，还差我二十个子呢！算了，给你点面子，给你留点过河钱。”振宇摇着头、踮着脚，两只手有节奏地数着赢到手里的钱，歪着头，上扬着半截的眉毛，挤了挤不大的三角眼，环视着在桌的麻友们：“手下败将们，知道啥是高麻不？连炖！要说这打麻将我可是打遍天下无敌手！”

邻桌的麻友眼睛盯着手里的牌，边笑边说：“得了吧！大名甘肃省（干输省）小名小宋（小送）那是谁呀？这名哪是一般人能受用的？”说着将手里的牌慢悠悠地打了出去。

满屋的人哈哈大笑起来。

振宇咧了咧嘴，“哼”了一声，走到邻桌的麻友身后：“我靠！这你都看不出来？那是我看你们活得太累，给你们点盘缠。不服哪天咱俩干一把！”振宇将手放在邻桌麻友的肩膀上拍了拍。

邻桌的麻友回头看着振宇哈哈地笑着：“那我可发了！还别不服，穿长袍哪有会不着亲家的？你就准备好钱，咱就啥也别说，张上见！”

振宇点燃了两支烟，一支给了邻桌的麻友，另一支咬在自己嘴唇的边上：“德性！干啥吭哧瘪肚的，成天叉叉的，最后老是看差了，还老叫板。等哪天将就你一下和你会会，慢抽筋儿地。”边说边慢悠悠地走出麻将室。

振宇嘴里哼唱着：“啤酒它顶呱呱，雪茄也顶呱呱，你明知我爱喝啤酒更爱那抽雪茄。啤酒它顶呱呱，兜里却没有钱花……”伴着高一声低一嗓的歌声，摇摆着不太大又有点尖的脑袋，满脸笑容地往家里走着。

在家的大门口看到了正出来倒垃圾的艳秋。

艳秋急忙转身走到振宇的身边，将头尽力地靠近振宇的耳朵，压低声音：“你爸今天心情不太好，身子闹病了，刚才在厂门口还生了一肚子气，差点没气过去。你可千万别和他吵吵，离他远点啊。”

振宇上扬着半截眼毛，头不断地点动着，似听非听地继续晃晃荡荡往屋里走，边走边叫着“妈，饭在哪呀？都饿死了！做的啥？”边说边掀开灶台上大锅的盖子皱了皱眉头：“咋又是饺子？老是吃一样的东西，干巴拉瞎的，山珍海味也得吃够啊！认准啥就是啥！一点创新意识都没有！”

倒垃圾刚刚回来的艳秋把垃圾筒快速放在门前，睁大了眼睛，将手指放在嘴唇上，用口语夸大口形地示意振宇：“小声点！”快速来到振宇身边，把声音压得很低：“你爸就稀罕吃饺子，他听着又该生气了，都说了他今天心情不好，你小点声。”

振宇拿了一个饺子放在嘴里，盖上了锅盖。冲艳秋做了个鬼脸，低下头趴在艳秋的耳边，点动手指，小声小气地笑着说：“真是几十年如一日啊！这要不干点流水作业都白瞎你这个人了。可别糟蹋了你的老三样，留着你们自己吃吧！”返身回到了自己的屋里。

“哐”的一声，振宇的房门被一脚踹开，雷鸣脸色铁青地站在振宇的房间门口大声斥骂道：“你小子一天到晚嘚嘚嗖嗖不玩活儿，吃喝嫖赌、游手好闲，到现在连个媳妇也找不着，有能耐自己打天下，挣来钱想吃啥就吃啥，没志气！指老的养活还窝里横，你给俺滚！这家还没换户主呢。”

振宇仰面朝天地躺在床上，瞪着不太大的三角眼直直地盯着雷鸣：“你给我啥了？就凭我这条件要钱没有，饥荒老鼻子了。谁傻啊，跳咱家的火坑？三十岁之前父敬子，三十岁以后子敬父，你要是个领导我不也‘登科了’。别说一个媳妇，一百个都有，还得站着排让我挑。”振宇边说边慢慢地坐了起来：“你咋不问问你自己这辈子都咋样了？”

气急败坏的雷鸣急匆匆地走出屋，快速转动着头，四处寻找着，眼睛被厨房里刚刚振宇放在那里的大碗定住了，一把拿了起来。嘴里叨唠着：“俺这是咋的了，这是做的啥孽啊？这辈子生这么个混账王八蛋，驴性玩意还敢和咱尥蹶子，今天他不滚俺就打死他。”

艳秋蜷缩在墙角，脸色惨白，身子更加弯曲，颤抖着身体，手放在围裙下方的一角不断地搓着，嘴里小声地念叨：“别，别，别打了！”雷鸣经过艳秋的身边，径直冲进振宇的屋里，举起手中的大碗朝振宇的尖头抛了过去。振宇站在原地，毫不在乎地扬着尖头，不躲也不闪，大碗正中他的尖头，鲜血顿时从额头涌了出来。

振宇缓缓地抬起手，放在额头上轻轻地摸了摸，又将手放在眼前看了看，直视着雷鸣的眼睛，匆匆地从雷鸣身边走过，扬着手，恨恨地说：“好了！从此咱们就各不相欠，你不是我爹，我也不是你儿子，你死也不缺我送终！”直奔大门而去。

雷鸣转过身盯着振宇渐渐远去的背影，恶狠狠地对依然站在墙角的艳秋说：“就知道护犊子，你看这都是你教的好孩子，一辈子你就没干过一件好事！”

艳秋低下了头，两只手不断地拉扯着自己的围裙。

04

语蝶无奈相亲雷鸣做主

夜很静，城市里的街灯遥映着天空中闪烁的星星。淡淡的月光倾洒下来，映在公园一隅的长椅上。长椅的两端分别坐着雷语蝶和经人介绍认识的张驹治，俩人各自坐在一边没有一点声音。

许久，“你稀罕我？”语蝶将身子向身后亭子的柱子重重地靠了一下，猛地抬起头，眼圈微红睁大眼睛直视着驹治。

驹治被语蝶猛的抬头惊得整个身子抖动了一下，忙将眼睛从语蝶的脸上收回，将刚刚还放在胸前轻轻摆弄的双手快速地放了下来，迅速低下头看着自己的脚尖，闭着嘴“嗯”了一声。

“你知道我处过对象不？别看我才22岁，已经处了三年了，要不是爸妈不同意，我可能都结婚了。你同意？”语蝶的嘴唇抖动用力地咽了几下，眼睛没有动，一直盯着低着头的驹治，声音嘶哑且沉重地说。

“嗯”，驹治依然低着头，将散放着的手合在一起搓弄着，眼睛依然盯着自己的脚尖。

“有烟吗？”语蝶举起手伸出食指和中指，将头转向一侧，眼神从驹治的身上慢慢移开。

驹治抬起头，呆呆地看了看语蝶的脸，又呆呆地看了看语蝶的手指，眼睛用力地眨动了几下：“你？！等我给你买去。”快速站起身，匆匆跑去附近的食杂店，买了包三五烟，又迅速地跑了回来，边喘着粗气边撕开包装，整个手臂有节奏地抖动着，用手指抽出一支烟，递到语蝶面前。语蝶抬头看了看驹治的脸，低下头接过烟叼到嘴上，驹治又赶忙划着了火柴，小心地给语蝶点燃，恭顺地站在椅旁。

语蝶将烟放在嘴边狠狠地吸了一口，把烟叼在嘴角，慢慢地脱下了鞋，将不穿袜子的脚放在长椅上，头向上扬了扬：“你坐啊！”

驹治慢慢地在语蝶脚的对面坐下，依然低着头。

透过月光，语蝶用力地眨动着被烟雾熏烤的眼睛，轻轻地审视着眼前的男人：红红的腮、胖胖的脸，坐在那里还没有自己高的身材，难道这就是我日后的男人？我为啥要选择他？只因为他有钱？为啥姐姐和爸爸非让我要他？不知不觉中泪水一滴滴地滑落下来。

驹治身子僵直着，将头略微地转动了一下，用眼睛的余光看着坐在身旁的语蝶：白嫩的粉腮上挂着刚刚流淌出来的明亮透澈的泪滴，在朦胧的月夜里更加妩媚迷人，内心中又怕又怜，不敢与语蝶对视相望，又不敢畅所欲言。手抬了抬，又放下。慢慢地将头转向语蝶：“别哭！别哭啊！”

语蝶的目光正好与驹治的目光相撞，转过脸迅速地擦了擦脸上的泪水，伸手拿过鞋子穿上，站起身，眼睛看着远处：“好了，先这样吧，我先走了。”转身跑了出去。

驹治望着语蝶远去的背影，嘴微微张开，呆呆地站在原地，直望到语蝶的身影渐渐消失在转弯处，才沮丧地回了家。

驹治趴在床上，一声不吭地把脸埋在枕头里。

淑芝走过来，坐在驹治身边，轻轻抚摸着驹治的头："咋了，人家不同意？"

驹治用力转过身，抬高嗓音："妈，她在我面前抽烟，那架势像我是她的使唤奴才似的，说自己处过对象，处了三年了，还把脚光着摆在我面前，你说那是同意吗？"

淑芝咯咯地笑出了声："啥？！脚还放你面前了？还抽烟？这闺女倒挺有意思，说不准人家还真不是冲着咱家的钱来的？可别整那些一说话像掉腰子似的人，开板儿就知道哈着你贼会来事的。你敢要啊？我看这闺女挺好。"淑芝把手放在了驹治的手上，不住地点着头。

驹治坐了起来，重重地甩开淑芝的手："妈，女孩子家家的光着脚，还叨个烟，那是好样的？我看你只要不是小珍，谁都行。"

淑芝站起身："你说那孩子哪句话着边？成天就知道粘着你，缺这个少那个，成天装可怜。一上咱家就数落她爸妈啥也不行，再不行不也把她养大了？你以为她真稀罕你呀？那脸抹得混儿画混儿跟唱京戏的似的，两眼涂得烂眼枯瞎的，咱家可不敢要花大姐！"淑芝说话的声音渐渐地提高。

驹治站了起来，眼睛盯着淑芝："那语蝶就好，拿我不当人，更别说稀罕我了，咋就非得要她呀？"

淑芝已经生硬的脸复又生起了笑容，一边往自己的屋里走一边说道：“傻儿子，语蝶不光人长得周正，个子还高，秧儿大，母大子肥嘛！将来保准儿能给妈生个大胖孙子！找个小个儿的生下的孩子还得是小秧，跟小灯台似的。多砢碜呐！再说了，她爸雷鸣那个人也挺正直，人家从根上也保靠！放着知根知底的不找不是犯傻吗？找对象可是一辈子的大事，咱可不能将就。”

驹治无语，重重地躺在了床上。

语蝶一路带着泪水地跑回了家，静静地坐在妆台前。看着镜子中的自己，一只手托着腮，另一只手在镜子上划着，划划镜子中的脸又反过来摸摸自己的脸，边摸边抽泣着。泪水还没有干的眼睛里，不时地还有眼泪流出。

这时听到父母的房里传出雷鸣那长长的叹息声：“哎……”接下来是重重的咳嗽声。语蝶用毛巾擦了擦红红的眼睛和脸上的泪痕，走过去轻轻地叩响房门：“咋的了？爸。”

“是语蝶回来了吧？”雷鸣问。

“是我，爸。我回来了。”

“你进来，和爸说说你和驹治今天的事咋样了？”

语蝶推开房门，走了进来。

“那孩子是不是挺好？”雷鸣躺在炕上抬起头看着语蝶的脸问道。

此时，刚刚从炕上起身的艳秋已经走到了语蝶的身边小声说：“你爸把你二哥打跑了。”然后若无其事地奔厨房走去。

语蝶笑了笑，看着雷鸣的脸，小声“嗯”了一声，坐在椅子上。

“俺就说嘛，那孩子的家不赖，还真没听说过谁说人家有啥寒碜事，都说挺仁义的。长得好不好看也不当饭吃，过日子也不是打杂子。不是爸不让你自己搞对象，你说那张跃，父母都没有，能有啥家教？没房子没地不说，说话还前言不搭后语、东扯葫芦西扯瓢的，就扯闲白儿能耐。你看他一眼他都不敢瞅你，还戴个蛤蟆镜儿，一看就像小偷似的。个子高、样子帅、长个贼样有啥用？听爸的，过一辈子得找踏实点的，别看模样，那不顶饭。你看人家驹治老实巴交、板板正正、富富态态的，家也不错。他爸自己搞那么大个工程没听谁说过人家黑，自己干工程的人能做到这分上那就相当不错了，没人惦记你，晚上睡觉都安生。慢慢处，爸都活了几十年了，看人比你准。”雷鸣边说边慢慢地坐起来，说话间拿过烟盒已经卷好了烟，边吸着烟边说着。

语蝶看了看刚从厨房走进来坐在炕边的艳秋，艳秋也正看着语蝶的脸。四目短暂相对时艳秋迅速将眼神转到雷鸣的方向，用力地动了几下嘴唇。

语蝶若无其事地垂下眼帘：“嗯，爸，我知道。我累了，想回屋睡觉了。”

雷鸣点了点头，摆了摆手：“嗯，去吧。”

语蝶站起身，回到自己的屋里躺在床上。映在窗帘上的斑驳树影随着风声依然有节奏地晃动着。

05

答应改换对象迎合父母

语蝶下班回家，还未走到院门就听到自家屋内介绍人孙姨的声音：“你说他雷婶，你家语蝶咋那么犟呢？咱们是老邻居了，我是看着你家语蝶长大的，要不我才懒得整保媒拉纤的事呢。”

艳秋回答的声音：“是是是，都这么多年了，知道他孙姨是咋样的人。”

“嗨，就是哈。你说这驹治家还真不错，保管以后不落埋怨我才介绍的。你说你家语蝶放着这么好的人家不要，这是到底要挑啥样的吧？现在有几家有房、有车？穷人家挣一辈子钱怕也买不起，还别说驹治那孩子又老实又本分了。”孙姨责怪地说道。

“咋的了？昨晚老雷问她了，咱们也没听说语蝶不干呐？人家那边咋想的呀？”艳秋充满疑问地反问着。

“人家那边还能咋想？说语蝶没看好那驹治。倒是驹治他妈好像蛮稀罕语蝶的，还说这孩子有个性，一定是个好闺女。”孙姨轻描淡写地说着。

这时，语蝶走进雷鸣的屋里，看着孙姨笑着打招呼："孙姨来了哈。"坐在艳秋的旁边："给您添麻烦了，麻烦孙姨和他家说我现在还不想处对象，候候再说吧。"

孙姨刚要说话，躺在炕上一直没吭声，脸朝着墙的雷鸣突然转过身子"腾"地坐了起来："你多大了还不搞对象？整天扬了二正的，好样儿的你不要，是不是还想要那个贼头贼脑的小偷儿？想和他一辈子要饭去是不？到时候你哭都哭不上溜儿！"雷鸣说话的声音一句比一句语调高。

刚刚还坐在炕边上的语蝶站起身，转过头看着雷鸣的脸又迅速转过头看了看艳秋，慢慢地走到房门口，挺了挺腰板，将头转向雷鸣低着头说："人家是穷，也不是小偷，你不也老说三穷三富过到老吗，谁能一辈子一个样啊？好不好你得让我自己做回主呗？要嫁的人是我，又不是你！"

语蝶看到了艳秋盯着自己时脸上做着各种表情，没有理会依然继续说着。

雷鸣摇了几下头，两只手用力在胸前搓了几下，手指朝着语蝶的方向点动着："你啊，他要是有学问有教养，俺还能相信他能有点出息。你看看就他那熊样儿！推个小破车卖'馓子'都不给够秤，还能蹦哧出啥来？打死俺也不信他能整出啥花样来。你要不和驹治处，就认准那个小偷儿，你也给俺滚！"

语蝶看了看雷鸣，转身回到自己的屋里，关上了房门，房间内传出插门的声音。

雷鸣转过头，脸上带着生硬的笑容对孙姨说："得了，她孙姨，就这样，咱看驹治这小子不错，要是那边没意见就让语蝶和他处！”

艳秋看了看雷鸣，用询问的口气说：“咱还是候几天给人家一个准信你看行不行？”

雷鸣转过头看着艳秋：“她是俺生的，还反了她了，不听俺的，她敢！”头朝着语蝶屋的方向大声说道。

孙姨看了看雷鸣又看了看艳秋：“老雷，我看还是先别急了。语蝶这孩子打小就听你的话，她一下子可能还没转过来弯儿，你也改改脾气吧，不像孩子们小时候，也别一有点事就鸣嗷的。”

雷鸣重重地点着头，嘴里不断“嗯嗯”地答应着。伸手将炕上的枕头翻动了拉平，再翻动放在炕上，俯下身子趴在了炕上，转过身子背对着孙姨和艳秋。

孙姨看了一眼艳秋，对着雷鸣的后背呶呶嘴：“那就过两天我再给那边回话，先就说个活络话，就说语蝶这几天上班没回家，每天都在单位的宿舍住。”

艳秋用眼睛的余光朝着雷鸣的方向，边看边拉起孙姨胳膊：“谢谢她孙姨、谢谢他孙姨。成天麻烦你来来回回地跑，让你多费心了。”

孙姨笑着站起身：“嗨，这才哪到哪，左邻右舍的可别整这客气话，你还让我来串门不？”说着朝院门走去。

艳秋送孙姨出院门后，返回语蝶的房间轻轻地推开语蝶的房门：“我！”

房门打开，语蝶回到床边趴在床上，脸朝着床，后背对着艳秋。

艳秋走过去坐在语蝶的床边，手轻轻地搓着语蝶的脚：“语蝶呀，你爸那脾气你知道，也不是一天了。从来都是有好话也不得好说，他是真怕委曲着你。你要是真稀罕张跃，你就和他先处着，别让你爸知道不就得了。”艳秋的声音停顿下来，似在听语蝶答话。

语蝶没有应答，也没有改变原来的姿势，依然一动不动地趴在那里。

“其实妈也感觉你不是稀罕他，你是可怜他没妈没爸的一个人。打小你就心软，看着小猫、小狗病了都心疼。你能分清你到底是可怜还是稀罕嘛？你要真分清了妈不拦你。”艳秋依然自顾自地继续说着。

语蝶转过身把脚从艳秋的手里拿开，看着艳秋抽泣地说：“张跃好不好的是我自己的事，噶啥非得你们给找对象啊？他没钱能咋的了，你们当初不也没钱吗，你俩不也过了一辈子了嘛。再说了，也不能因为钱非得让我和驹治啊？也不是没人要了？”

艳秋松开语蝶的脚后，手就放在了自己的围裙上，拿起了围裙的一角，无意识地搓着：“哎，也不全是钱的事，张跃有点像咱家你二哥，没有啥正经事干。要是真上进想着学点啥，没钱能咋的，你爸也不能不同意。妈也怕你和他在一起，不会给你好日子过。当初你爸没钱但你爸直性不会骗人，张跃感觉不实诚，慢慢地能离张跃远就远点吧，时间越长越分不开，养个小猫小狗还有感情呢，还别说是个大活人。”

语蝶坐了起来，抬头擦了擦满脸泪水的脸看着艳秋：“妈，你说我爸他咋总是这样逼人呢？我都这么大了，能一点好坏不知吗？”

艳秋往语蝶的身边靠了靠：“你爸是担心你陷进去拔不出来，姑娘家家的千万不能走错路，一旦错了一辈子都走不出来。他是不知道咋心疼闺女好了。你爸啥样你还不知道？”艳秋脸上的肉往一起纠结着，两只本就不大的眼睛更小了。好像雷鸣就站在门口听他们说话，艳秋说话的声音越来越小：“别和他怄气了，妈真害怕呀。”

语蝶看着弓着腰的艳秋，想着爸爸生气时骂妈的样子，轻轻地点了点头：“我先处着看看还不行吗？”拉起艳秋的手，看着艳秋的脸问道：“对了，二哥上哪了？”

艳秋一下子流出了眼泪：“这几天我是见人就打听啊，他经常打麻将的那几家我全去了，我知道和他好的那些人也都找遍了，都说没看着他。他能上哪去呀？这可咋办呢？兜里还没啥钱，会不会饿着呀？你大哥也说没去他那儿，我这心里呀直划魂儿呀，你二哥能不能出啥事呀？”艳秋手脚并用地边比画边说，声音越说越低。时而站在门口顺着门上的玻璃窗向雷鸣的房间张望，时而走近床边凑近语蝶的耳朵低声继续说着。

语蝶拉住艳秋的手，艳秋停了下来，一边给艳秋擦着眼泪一边安慰着：“妈，你别想那么多了，从小就他滑，啥时候你见他吃过亏？二哥一定不会有事的。”

艳秋依然哭泣着："哎，把你二哥打出去，你爸更上火，这几天晚上睡觉总是来来回回地翻身，好像一直也睡不着，睡着了也说胡话。要不是那天上厂里去要工资，心脏病还犯了，也不能这么心焦。这要是搁平时也不能和你二哥打起来，不管好坏也是他生的，都多大岁数了，咋还能说打就打，说撵就撵呢？哎！这事怎么就总往一块儿赶呢？语蝶呀，听话，可别让你爸再生气了，这万一要是你爸再有点啥事，这日子可真就没活路了。"艳秋开始用手使劲地扯拽着裙角。

"行了，妈，不就是让我和驹治处处吗？我真处，等爸的心情好点我再说不处的事。"语蝶趴在艳秋的耳边说。

艳秋的哭声好像顷刻间止住了，抬起刚刚扯拽着裙角的手，轻轻地摸了摸语蝶的脸："嗯，那妈就先回屋了，你也别上火，路还长着呢，看不好驹治以后再说。"

语蝶一脸调皮地冲着艳秋笑了："知道了，你快先回屋吧，时间长了爸又说你没干好事了。"

艳秋"扑哧"一声笑了出来，用食指轻轻地点了一下语蝶的头，边往门外走边回过头说："别学你爸！"

06

醉酒回寝室好朋友相聚

小院里，馨雯闭着眼睛轻轻地弹着吉他，嘴里哼唱着自己编的歌曲："爱上你是种情调，不想用忧伤记录符号。给你的是种美好，夏日的心冬天怎会明了？风筝飞不高，只有线知道，它在线上摇，风里飘，斑斓中寻找。不想在雷雨中飘摇，天空的格调只有你知道……"幽静的月夜，夏日清凉的晚风中，栅栏内的紫丁香似乎同馨雯一起哼唱着。

屋内传出妈妈的叫声："馨雯，快来，兰心来电话找你。快来接！"

馨雯轻轻地亲吻了一下手里的吉他，把琴依在栅栏边，匆匆跑进屋里。拿起电话，就听兰心在电话那边近乎哭泣地叫喊着："你咋总往家里跑呢？语蝶不知道又哪根筋不对了，也不知道在哪喝的，一进门就吐，就在一个地方老实待着得了呗，还边吐边走。我跟着她屁股后一个劲地给她收拾，她还跟我较劲，我可整不了了。你可倒好，一有事就没影。小海也不知道又跑哪去了，想出去找找都出不去。我都闹心死了。你赶紧回来！"

馨雯边听边把电话一点点地和耳朵拉开距离，时不时地回头看着妈妈回应着：“这么晚了，天这么黑，咋走啊？明儿一早我早点去成不？”电话那头兰心越发愤怒的语气：“等明天咱们就都死了！”挂断了电话。

馨雯转过头看着妈妈，妈妈笑了：“去吧，在家你也睡不着，也真难为兰心那孩子了，小海总这样可真不行，还没结婚呢，这以后要是结婚，有了孩子可咋办呢？走吧，要是害怕妈送你到车站。”

“不怕，我是怕妈生气。”馨雯用手搂了一下妈妈的肩，在妈妈的脸上飞快地亲了一口转身跑了出去。

推开寝室的房门，满屋子的酒气扑面而来。语蝶仰面朝天地睡在床上，嘴里发出粗重的呼吸声。兰心两眼红肿地坐在语蝶的床边，头发全部杂乱地梳理在脑后，两鬓是依稀可见被手指梳理过的痕迹，额头光亮处依然布满汗珠。宿舍的地又湿又亮，语蝶的床侧面放着垃圾桶和盛着水的脸盆。

兰心侧转的身子未动，只是慢慢地抬眼瞧了一下正在往屋里走的馨雯，手指依然不停地摆弄着语蝶搭在床边的头发。

馨雯把食指放在嘴唇上方，嘴用力地吹着气，边走边压低声音：“嘿，她睡着了你就别碰她了，一会醒了不还得闹啊。”馨雯已经走到语蝶的床边，拿了个椅子坐在兰心的对面：“小海咋了？又跑哪去了？这回又为啥跑啊？他跑之前就没有一回你是知道他咋回事的？”

兰心看着馨雯，眼泪一下子流了出来。大声叫喊着：“我哪知道啊？他要是跑之前告诉我他要跑了我还让他跑啊？”

馨雯赶紧伸出手指又放在嘴上“嘘”一声，示意兰心别大声，把椅子向兰心身边又凑了凑，嘴贴在兰心的耳朵旁低声说道：“她好不容易睡着了，咱俩小点声说话。你先别碰她了，一会碰醒了难受的是咱俩。”

兰心放开了拿着语蝶头发的手，又把手无力地放在馨雯的腿上，头依着馨雯的肩：“小海一定是又去赌扑克机了，听他妈说这回把他妈的存折也偷走了。我去他家他妈还说是我拴不住他，以前咋不跑呢？你说他妈说的是啥话吧？！”说话的声音一声比一声低，好像是说给馨雯听，又好像是说给自己听。

“你和刘姨又吵架了？”馨雯歪着头焦急地问道。

兰心用力地将依在馨雯肩膀上的头抬了起来：“我敢理她？你说一句她有一百句等着你。那嗑可老鼻子了，磨叽死你。”

馨雯捅了一下兰心的腿，眉头锁了一下：“小点声儿！你到他常去的地方找没呀？”

兰心把刚刚放在馨雯腿上的手迅速地抬了起来，恨恨地说：“我都找遍了，找了好几个游戏厅也没逮着那个死人，等这回逮着他的，说死也不和他搞了！”

馨雯把兰心的手抓住握在了自己的手里：“过一阵子他自己就回来了，也别急。不过你俩的事我觉得你还真得好好想想。”

“那得啥时候啊！你快再想想他还能上哪？”兰心把手放在额头上，用力地按压着两边的太阳穴。

“我哪知道他还能上哪，你真应该好好理一下自己了，你到底稀罕他啥呀？实在说不清就找张纸画‘正’字，看他值得你稀罕的地方多还是要放下的理由多。”

兰心把手从馨雯的手里拿出来，无力地捶打着馨雯的胸口：“你以为像你说的那么容易啊，这都处了这么长时间了，一名二声的，再说了找一个磕了八碜的不是更难受嘛？我也想喝酒。”兰心把头依在馨雯的怀里。

馨雯抱着兰心，轻轻地拍着她的后背安慰着：“心情不好就先别喝了啊，酒也只能麻醉一会，酒醒了该难受还是得难受。语蝶现在没啥事，让她一个人好好地睡一大觉。我陪你出去走走吧？！散散心。”

兰心推开馨雯，睁大了眼睛：“不，我就是想喝！”

语蝶从床上猛地抬起头：“上哪喝去？”睁着猩红的眼睛看着兰心，呆呆地看了一会儿，又瞪大了眼睛：“你叫唤啥呀？你是猪呀？不知道人家在睡觉啊？”又重重地把头放在枕头上。

兰心气哼哼地盯着语蝶：“你才是猪呢！回来就吐得囫囵半片的，一股倒粪的味儿。你死觉了，害我收拾了半天，还骂我是猪！”兰心的手用力地拍着自己的胸口。

语蝶翻了个身背对着兰心：“得了，你别吵吵了。让我再睡一会吧！我头疼得邪乎。”

兰心伸手掀起语蝶身上的被子大声叫喊着：“你不是找馨雯吗？她来了。快起来！”

语蝶转过身子好似刚刚看到馨雯：“你除了知道没事做梦，还会点别的不？你是真不够意思，这几天我都难受死了，你知道不？”

馨雯无奈地笑了，把椅子拿开坐在了语蝶的床上。

语蝶也把下颌放在了馨雯的肩膀上，眼睛看着窗外："我姐单位的同事和我姐说你小妹有病呀？咋找个那么砢碜的对象？你知道我有多难受不？偏偏我姐这个人还缺心眼，哎，你要说她是净引儿地吧？还不是。她让我和驹治处处，听着不好听的话就别和我说呗，我听着也难受啊。她还偏偏告诉你！咋整吧？人为啥要长大呢？还非得搞个对象。"哭着把下颌从馨雯的肩膀上拿下来，依在了馨雯的怀里。

一直被忽视的兰心"扑哧"一声笑了："你不是看人家有钱了嘛？那得让人家砢碜。都你的啊？走！喝酒去！"摇晃着脑袋，伸手拉住语蝶的手："你找的砢碜，我找的跑了，咱俩儿这会就是难姐难妹。"语蝶将手从兰心的手里拿了出来，离开馨雯的怀里，急忙穿上鞋子："走，醉就醉个人事不知，要是一问还记得这些乱屁股事咱就不许回来！走，亲哥。"

兰心伸出大拇指冲着语蝶高高地举起："好样的！纯爷们儿！"

两个人对视哈哈大笑起来，抱在了一起。

馨雯见阻止不了两个人，忙说道："等我去叫楼下的男生一起出去！喝多了也好有人把你俩背回来，我一个人可整不动你俩。"

07

路边小店聚会打架逃窜

语蝶三人和三个男同学一路晃晃荡荡，一同来到了街边的烧烤店，各自落座喝了起来。坐在对面的于峰看着馨雯：“嘿！馨雯，那个要在咱们宿舍上吊的小子还来找你不？”

馨雯瞪了一眼于峰，红着脸，晃着头说：“哪有啊，别瞎说得了。”

“哎哟，不管白天晚上来了就叫，整得前后楼的人都知道咱宿舍里有个女的叫阿雯，他要是敢再来，哥几个就真的嘎巴溜丢脆，直接把他摆平。”

董飞举起筷子在空中摇晃着：“哎，哎，哎，听我说。是不是那个整天在楼下喊‘阿雯’的款儿？”说完看了看于峰。

于峰“哼”了一声，笑着点了点头。

董飞重重地把筷子放在桌子上：“我看过他，一打眼就不是个什么好东西，仗着有两子啥也不会就剩下喘了。想要谁谁就得跟他呀？他是不是脑袋让驴踢了？这帮人，差老成色了，有几个臭钱就穷嘚瑟。咋回事啊？”董飞说完看着馨雯。

“又不是我叫来的，谁知道他咋回事？”馨雯红着脸无奈地说。

语蝶瞟了一眼馨雯，冲着于峰和董飞说道："可别说人家，人家可是活在梦里的人，以为真有一个骑白马来的王子会看上她，驮着她在马背上接她走呢，就让那帮傻狍子没事叫去吧，得给人家公主时间，好慢慢地从粪堆里把金子扒拉出来！"

馨雯低下头用力地在桌子底下掐了一下语蝶的腿，另一只手摸了摸桌上的酒杯："人家是还没遇着合适的。"

"还没处对象？别顺嘴胡咧咧了，我都看过你趴被窝里哭过，还总偷偷地写日记。总说我笨，你以为我真傻啊？别人一睡着，你就偷偷地在那不是哭就是一个劲地奋笔疾书，你以为谁不知道啊？还装啥呀？"兰心有点挑衅地看着馨雯。

馨雯红着脸，狠狠地瞪了一眼兰心，笑着伸了一下舌头："人家那是在等一个要等的人，你管得着嘛？"

王波看着兰心伸起了手里的杯子："嘿，哥们儿。你的嘴说话真是比粪坑里的屎还臭，咱哥们儿有得一拼。来吧，别一会被人家打了。干一杯！"

"你嘴才是粪坑呢，想喝就喝呗，还整啥事啊？来！"兰心举起了杯，呵呵地笑着。

大家快乐地聊着各自的事儿，脚下的酒瓶子越来越多。董飞突然站了起来，将大碗用双手举过头顶，身子左右不停地摇晃，酒水顺着他的头和脸向下流着。嘴里大声喊道："来，干，少扯闲屁。"连碗带酒一同抛到了脑后，大碗正落在后桌的桌子中间。

后桌坐着七八个人，其中一位四十左右的男人从椅子上站起来大骂着："妈的，这帮小兔崽子。是不是喝毛愣了？都有病是不？！"

于峰和王波一起站了起来："你才他妈的有病呢！"两个人一人拿一个啤酒瓶子直奔那桌走了过去。

那桌刚站起来的男人迎了过来："妈的，打死你们这帮小逼崽子！"抄起桌子上的酒瓶扔了过来。

于峰冲过去一把抓住那男人的头发将他的头拉低了下来，王波将手里的酒瓶狠狠地向那男人的头砸去，那桌的几个男人也扑了上来和他们两个厮打在一起。

董飞卧倒在桌上，不停地敲打着桌子上的盘子："妈的，妈的，倒酒，倒酒……"语蝶三人吓得乱喊着："别打了、别打了……"边叫边往街上跑。

街上有个骑着倒骑驴的人经过，三个人赶紧将那人叫了过来，商量后三个人从饭店里快速扯拽着把董飞放在了车上，又将董飞的自行车撂了上去，三个人跑回了寝室。

第二天凌晨，夏日的天刚刚泛白。于峰敲响了女宿舍的房门："都醒了没？知道王波上哪了不？一宿也没回来。"

"王波不是和你在一起吗？没看见他呀，他能去哪呀？不会出啥事吧？"馨雯睁开惺睡的双眼，随便找了件衣服穿上，急忙打开了宿舍的房门。

于峰一脸疑惑地说："我都打蒙圈了，就知道一个劲地打，哪还能顾得上他啊！还以为他见人多就跑了呢！谁知道他上哪去了？回来倒床上就睡，早上起来才发现他没回来。喝那么多酒嘚瑟地会不会出事啊？”

此时，语蝶和兰心也穿好衣服走了出来：“那还不赶紧找去啊！”宿舍的楼梯口，一个人晃晃荡荡、慢慢悠悠地走了过来，头发和着泥土，一绺一绺地支棱着或是耷拉着；脸上也全是泥，隐约中可现红红的脸皮；糊在衣服上的泥干巴巴的，将衣服一块块地粘在一起。“大家都在呀，没事就好，没事就好，我还以为你们出事了呢。”

于峰对着那人的胸狠狠地捶了下去：“你死哪去了？连屁都没有！”

王波声音嘶哑地回答道：“两个老爷们拿着酒瓶子追着我一个劲地打，我就跑呗，还好我得空蹬上了我的破自行车。酒喝多了是真耽误事，车也不会骑了，眼镜也打没了，眼神也不好使，掉坑里了，睡了一宿，早上睁眼才知道自己在坑里。”大家对视了一眼，哈哈大笑。

08

小婉骂振天艳秋找振宇

雷振天四肢放开呈大字形平躺在床上，一张微白松弛的脸上一双上下眼皮都浮肿的眼睛半睁半闭地低垂，微微突起的太阳穴随着牙根的蠕动有节奏地抖动着。握着机械制造专业大学毕业证的手无力地耷拉在床边，脑子里不断地翻滚着贮藏在脑海里的一幕幕。

大学毕业时还是一个满腔热血的青年，相信总有一天会用自己的笔绘出理想制图的工程师却阴差阳错地做了一名销售员。用他自己的话说就是只能过着到处赔小心，低头是人、抬头是鬼的生活。工资一半是销售提成，每月固定的费用，拉不来销售任务就只能开那一半的工资，去掉吃吃喝喝，不想白忙活，就得看所有大爷的脸子。产品销售不出去，资金回笼不及时，随时接受领导满天飞舞的唾沫喷在脸上。本想慢慢来，总有一天可以凭着自己的忍耐力慢慢理清头绪，当初毕业时那一股热情还没褪尽，厂子却萧条了。一半的工资就那样自自然然地向后滚动着，月复一月。

厨房里碗筷撞击的声音："嫁给你时，就想你是个大学生，能有点出息，还指望着你给我长脸祖坟冒青烟呢，结果混得跟要饭的差不多。还长脸，脸都丢尽了！你说，当初就你家那破大家谁能稀罕你吧？就你那尿个叽的个性噶啥能成！和你一起大学毕业的哪个没出息？就你要一样没一样，噶啥都吭哧瘪肚的。这是有我娘家拉巴咱们，要么这个家不定咋抓瞎呢？你家那两个老犟种还成天说咱们不是，也不知道哪对不住他们了？”小婉将洗好的碗用力地一个个撂在一起。

屋内，桌子上BB机发出振动的声音，已经坐起来脸色阴沉、僵硬，眉心紧蹙的振天急忙站起身，走近桌子拿起BB机看了看，赶紧穿衣服。

小婉听到屋里的声音，放下手里的活儿，赶忙走出厨房，站在卧室门口，眼睛盯着振天的脸拉长声音问道：“咋？你那个拴狗链又响了？是给你送礼的还是求你办事的？”

振天不吭声地继续急着穿衣服。

“嫁给你我算是倒了八辈子的血霉，白给个大活人不说，还得搭个房子、搭着地。本想以后慢慢地把东西置办齐，给娘家人看看我长眼着呢，不是傻子。现在可好，工资都开不出来。吃饭都成问题了还想装脸？电话安不起，整个破BB机装大瓣蒜。别人还以为咱家趁啥呢？整个拴狗的链儿一响就得满大街找电话，像奔丧似的狠命跑，你噶啥啊？要买你啥东西咋的？”

振天阴沉着脸：“没有！家里的电话，我得赶紧回一个，怕有啥事儿。”

小婉一脸怒气地说：“滚犊子吧，走了你就别回来了！你家一天咋那么多烂屁股事儿？”

振天依旧阴沉着脸，用上下眼皮都浮肿的眼睛狠狠地看了一眼小婉，径直往楼下跑去。

身后传来小婉重重的关门声。

振天跑到楼下街边小卖点，拿起电话，急忙按着家里的号码。那边传来艳秋焦急的声音：“振天啊，振宇都快半个月没回来了，会不会有啥事啊？你说他到底能去哪呢？你到底找没找啊？”

振天有点不耐烦地吼着：“妈，你让我上哪找去？我又没把他拴身上，平时他除了赌就是赌，我知道他认得的人全打听了，谁也不知道他在哪，我还能咋的？除了赌的地也不知道他一天还能噶啥？我咋能知道他去哪？得了，别没事贫嘴疙瘩牙的，那么大个人死不了！真爱管他。对了，爸咋样了？”

艳秋的语气也平稳了一些：“你爸这两天一直都不出门，成天在家里待着唉声叹气。一到晚上，上床了就一边脱鞋一边说‘哎，今晚脱下的鞋也不知道明早还能不能穿上！’他是心里憋屈嘴不说，他比谁都想振宇。还总说后胸口闷，是不是心脏要犯病啊？”

振天着急地问道：“药是不是天天吃啊？”

“吃呀，成天吃。他说吃的都恶心了，还总说是不是天气闷呀，他怎么总上不来气呢？”

“那就是心脏病犯了，上医院打点丹参吧！”振天焦虑地说。

“我和他说了，他也不听我的，还说‘没事、没事，死了更好。’振宇这孩子咋一点事也不懂，哎，上哪也得给家里捎个信啊。他不在家，语蝶也使性子，这两天天天住宿舍呢，家里就我和你爸，这要是有点啥事，可咋整呢？”电话那边传来了艳秋的哭泣声。

振天的语调更高，声音更加不耐烦地说：“妈，你能不能不哭，哭有啥用啊？该噶啥就噶啥得了，我去啥用也不顶，根本也说不动他，回头还得大骂我一顿，还得把他气够呛。找凌蝶吧，看看她有啥办法没？我得上楼了，小婉这些天成天骂我，要不是有小情，我早不和她过了。”

艳秋忙说：“得了，得了，振天呀，你就让妈省省心吧！家里这么多事，你再和小婉咋的了，妈真活不成了。家里啥事也没有，不用你惦着，你赶快回家吧！”艳秋放下了电话。

振天应了一声放下电话，心里像压了一块石头似的慢腾腾往家里走去。

09

寝室里两个人设想未来

每个屋子四张床的寝室里，语蝶和兰心的床位相对着靠在窗边。靠门边两张床的人都到了谈婚论嫁的年龄，因为要准备婚礼也很少回寝室住。这个房间就成了语蝶她们三个人的天下。馨雯的房间在走廊的对面，只要都在宿舍里三个人就会想办法凑到一起，语蝶和兰心的床不是直接摆在一起，就是两个人挤在一张床上。

连日来的大晴天使得夏日三伏天的夜晚非常沉闷。

宿舍里，语蝶与馨雯挤在语蝶的单人床上："馨雯，你说找对象到底应该找个啥样的？"语蝶转过身子搂着馨雯的后背，眼睛与馨雯对视着。

"还是找个有规划的呗，做啥最起码心里得有数。当然，两个人还得谈得来的。"馨雯笑着回答语蝶。

"不，我还是稀罕男人帅点，要是长得特磕碜只是谈得来，感觉也挺不得劲的。在一起时你说会不会感觉恶心啊？"语蝶一脸严肃地看着馨雯。

馨雯哈哈地笑着，快速地眨了眨眼睛："我感觉长啥样都没事，就怕满脑子里啥也没有全是草。只要他是有自己的理想、遇事有担当的男人就好。说话能说到一起去，两个人总是心往一处使，那该多好啊，至于说长得咋样那就只能看缘分了。”

“那要是谈得来，有自己的方向，家里啥也没有，长得还砢碜你愿意不？”

“不知道为啥我总是有一种感觉，冥冥当中已经有一个缘分在等着我了，真的有一种力量是咱们人无法主宰的。我已经把自己完全地交出去了，是我的就是我的，不是我的想要也要不来。”馨雯淡淡地说，一脸的坚定。

语蝶伸手刮了一下馨雯的鼻子，笑了笑：“你总是这么神神叨叨的。说真的，那你到底算不算有对象了，是那个当兵的还是在上海继续学习的？总不能说你一点目标也没有吧！”

“上高中的时候他们和我都是学生会的。上学时也不知道咋了，他俩都和我挺好的，也没说过啥？谁知道一分开……”馨雯伸了伸舌头，慢慢地眨动着眼睛，躲开语蝶那对望的眼神。

“你到底能不能分清咋样才是搞对象？”语蝶一脸疑惑地看着馨雯。

“我咋不知道啥叫搞对象？只是谈得来，也没说和他们咋的呀，再说了，感觉好像还差点什么？”馨雯迎着语蝶的目光。

“真是笨呐，你和那个当兵的还有那个上大学的哪个更好点？”语蝶迅速地扬起了眉毛，瞪了一眼馨雯，将头在枕头上用力地侧动了一下。

馨雯皱了皱眉头，摆动了一下头：“好像都一样。”

语蝶笑骂着："你傻呀！和谁好都不知道，和谁更近，就是发展了。就是拉过手了、亲热过了，你心里有感觉想和他在一起待着，你像个猪似的。"用力拧了一下馨雯后背的肉。

馨雯使劲地扭动着身子，用手推开语蝶的手。满脸无辜地说："别闹，这么远也不在一起哪能拉着手啊。"

"那你就没有一个中意的？心里有感觉的？"

馨雯的脸微微地红了一下："不知道算不算是？我有一个同事，成天给我讲故事，我也愿意听。也成天往他那跑，总想看着他，他和别的女孩子一说话我就生气，他讲的故事可好听了。"

语蝶看着馨雯的眼睛呵呵地笑了："啥好听的故事啊？看把你美的！讲来听听。"

"好，我给你讲一个。从前有个猎人到山上去打猎，看到了一只小白兔，于是就讲故事，那只小白兔就竖着耳朵听……"馨雯边讲边晃着脑袋。

语蝶狠狠地捶了一下馨雯："你傻呀，那不是骂你呢嘛？"

馨雯又晃了晃头，红着脸笑了笑："我知道。"

"完了，你是真看上人家了。原来真没有人不会搞对象，我还以为就我明白怎么搞呢。"语蝶看着馨雯也呵呵地笑了："他家条件好不，人长得咋样？"

"长得像陈道明似的，反正一看就有内涵，家里也挺好，父母都是老师，我就稀罕知识分子家庭。"馨雯含着笑，边说边晃着头、伸着舌头。

“熊样，闷的呵地啥事都干。这还不叫处对象叫啥啊？”语蝶在馨雯的脸上轻轻地拍了一下。

馨雯红着脸闭上眼睛笑着小声说：“嗯，我知道。”

语蝶又伸出了手捏住馨雯的腮，咬着牙，嘜着鼻子，似乎很用力的样子，边笑边说：“掐死你得了！你除了会说‘我知道’，还会说点别的不？蔫巴叽的其实就你主意最正！这家伙到底啥样？等哪天我看看去，好好地调查一下，能让你神魂颠倒的人到底是啥样的，看他到底骑没骑个白马啥的？”

馨雯将上牙咬在了下嘴唇上，脑袋随着语蝶捏着腮的手晃动着。也伸手挠起了语蝶的腋窝，两个人滚在一起，床上的被子一会裹在馨雯的身上，一会在语蝶的身上，两人边打边笑。

10

命运的线牵制着有情人

语蝶慢慢松开了捏着馨雯脸的手，脸上的笑容一点点僵硬起来：“我总拿自己当搞对象的教授，结果就我搞得一塌糊涂。你说要是真有一种力量，那我到底是啥命，为啥我啥也做不了主？也不知道我咋样做才是对的？”

馨雯也收起了脸上的笑容，拿起身边的手巾轻轻地给语蝶擦了擦脸上溢出的汗水，拿过手巾又给自己擦了擦，坐了起来。

“爸妈给介绍的对象说家好让我处我只能处，不处就好像对不住爸妈了。找个有钱的就真的是找到幸福了嘛？我到底在等谁？我对张跃的感觉自己也说不清，也许有一天我真会像妈说的那样想明白，我到底为啥会和他有过这么一段。或者真的就是同情他，是妈把我叫醒了？不知道。”语蝶晃了一下头：“小时候真的盼自己快点长大好好地谈一场恋爱，终于把自己盼大了，真可以搞对象了，又感觉不到谈恋爱是快乐的。咋跟想象的不一样呢？”语蝶用手轻轻擦了擦已经布满泪水的眼睛。

馨雯没有看语蝶的眼睛，拿过语蝶的手用力握了握。

“我真的想好好地谈一场恋爱，找到我想要的那个人，他也真的想要我。呵，现在感觉像做梦，我还能有吗？”语蝶把手从馨雯的手里拿开，将双手放在头下，俯着面、托着头意味深长地说。

馨雯下床站在窗前，看着窗外：“不，我感觉有。就像是一颗种子，不扎在泥里就生不了根、不生根就发不了芽。山涧里的小溪也一样，什么都有它该发源的地方。”

语蝶“哼”地笑了一下：“你快得了吧！就会做梦，那水就不干了，不早晚还得干吗？”

“会呀！等到干的时候是小溪睡着了，流淌时是小溪睡醒了，它也一样需要休息。”

“那睡着时爱情在哪？”

“保鲜呐，休眠。藏在别人找不到的地方了，不想被人打扰。”馨雯走到床边趴在语蝶的身边。

语蝶笑着用力推了一下馨雯：“你这个梦想家，保个屁鲜呐，你说的话就你自己一个人能听懂，还有人和你搞对象？真是啥人都有。”

馨雯使劲拉着床头的铁梁，歪着身子，一条腿勾着腿下的床铁梁边，“咯咯”地边笑着边叫着：“快拉我一把，别踹了，都快掉地下了。快点……”

语蝶忙伸手拽着馨雯伸向自己的手：“谁让你嘚瑟。”用力往怀里拉了一把馨雯，“别闹了，说真的，小海回来没？”

馨雯安静地趴在床上，快速抬起手拿起身后的被子向上拉了拉，将头裹在被子里，脸的中间部位露在外面：“那天晚上天特别黑，你知道咱们回家的那条道一共就那么几个路灯吗？”

语蝶瞪大眼睛看着馨雯：“废话，谁不知道啊？天天从那走。有话快说！”语蝶快速地回头看了一眼自己的身后。

“嗯，一共就那么三四个灯，一百来米。结果那天就剩下了一盏灯是亮的，兰心傻了吧唧地跟以前一样自己回来了。”

“那也太黑了，她是缺心眼！”语蝶恨恨地说道。

馨雯越说声音越低，身子慢慢地蜷缩着。没有理会语蝶继续说着：“突然，一个黑影出现在兰心的身后。”

同馨雯一样蜷缩在被子里的语蝶将身子向墙边用力地靠了靠，双手拉紧被子：“咋的了？”语蝶四下张望了一下继续眼睛瞪着馨雯。

“到胡同拐角的地方一个人也没有的时候，就看那个黑影一个箭步冲了上去，一把抱住了兰心。”馨雯也迅速地一把抱住了语蝶。

语蝶一把掀开馨雯的被子，将自己充满汗水的后背依在馨雯也充满汗水的怀里，声音很高又快速地说：“快点说，到底咋的了？”

馨雯没有理会语蝶，用冷深的口吻继续说着：“那个黑影将兰心一步步逼到附近的树林里，一把将兰心按倒在那，兰心不断地挣扎着，试图叫喊却喊不出来，慢慢地、一点点地被那黑影全部吞噬。”

语蝶在被子里抬起脚跟狠狠地撞了一下馨雯的腿：“别疯了，到底咋的了，兰心出事了？那个黑影到底是谁？你是不是在逗我玩？快说，你精神病啊，到底有没有这事啊？”右手反过来掐着馨雯腰上的肉。

馨雯呵呵地笑了，将被子掀开：“小海回来了，你个笨。兰心又投降了呗，他俩就是一对冤家。还说我是猪呢，你才是一头笨死的猪。”

语蝶回到自己的被窝里将身子靠着墙，伸出一只脚向馨雯飞了过去，嘴里小声嘀咕着：“这回可别指我拉你，下去吧。”

馨雯抱着被子掉在了地上，迅速地爬了起来，依然“嘿嘿”地笑着。

语蝶也呵呵地笑着摇了摇头：“一点悬念都没有，其实早就知道结局，都上演无数次了。兰心就是上辈子欠他的，这辈子就得还，心甘情愿。在被骗中陶醉，不骗还真活不了。小海真是她的麻醉剂，啥时候小海不能给她药了，她还得求着人家给药。”

“嗯，除非她自己要醒，要不谁也叫不醒她。”

夏日的夜晚，天气依然沉闷。

11

典当行存钱期待钱生钱

典当行不足百米的大厅中站着长而弯曲的队伍，几乎没有喘息的空间。门外站排的人们不时向里面张望着，偶尔会有几个人走进大厅说些什么，再迅速地返回到门外自己的队伍中。

满身是汗的凌蝶钻出拥挤的人群，张着嘴满脸笑容地望着手中拿的合约，一遍又一遍地翻看着来到门外。站在门槛上四处张望后，将手中的合约举过头顶，对着早已等候在马路对面的艳秋摇动着，快速地穿过门外的人群走到艳秋跟前，将手迅速地插进艳秋的腋下抱紧艳秋的手臂，歪着头嘴贴近艳秋的耳朵："妈，劝你这么长时间你才来，这得少赚多少钱你知道不？把钱放在这，一年后你的钱比存银行里得多多少！"说着用力地摇晃了一下艳秋的手臂。

艳秋用挤出来的笑容看着凌蝶的眼睛，似乎想要询问什么又咽了回去。

"现在谁还那么笨把钱放在银行里？一年下来也赚不到几个钱，到时候我就给咱爸看看啥是快速赚钱法，啥也不出就是赚大钱，这才叫智商。"凌蝶没有理会艳秋的表情继续说着，下巴始终保持着向上扬起的状态，当说完最后一句话的时候，下巴用力地向上抬了一下。

艳秋的手拉拽着衣角，停下脚步："凌蝶呀，妈是真不懂咋回事。你说，这能不能到时就不还咱钱呐？这可是我和你爸攒了一辈子，就这么点钱呐，还想着给振宇讨个媳妇呢。"

凌蝶也停了下来看着艳秋的眼睛，撇了撇嘴将眉毛扬起："妈，人家会写书的，还有好几个大型的娱乐场所，典当行在人家眼里就是九牛一毛。你看人家那阵式，去的都是大款。你再看人家门口停的那车都是哪的？这样的公司要是黄喽，那啥样的公司能不黄啊？人家的钱都敢放这，就你那点钱还叫钱呐？你就听我的，瞧好得了！"

艳秋的手依然放在衣角上看着凌蝶："我还是有点害怕，我知道你好心，想帮妈多赚点钱给振宇讨媳妇啥的，妈也想。那要是赔了可咋办呢？真要是哪天你爸知道了妈可就真完了，妈可就指望你了。"

艳秋的眼神中充满恐惧，好像雷鸣就站在他面前，冲着她大喊着："你呀，这辈子一个好事都没干过！"

凌蝶呵呵地笑了："妈呀，咱先不告诉爸，等赚钱了我和他说。我还能让你把钱打水漂啊？我可是你的亲生闺女，要是别人你不相信还行。"

"明年不管咋的也得把钱拿出来，不管多少行不？"艳秋有点颤抖的声音说道。

"妈，明年这时候差不多都要翻一倍了！"凌蝶眼睛瞪着。

艳秋也停下了脚步用力地睁着本来就不太大的眼睛："咋那么多呀？"

"你忘了，妈，咱们去年没要的不也存起来了吗？那也赚钱呐！反正振宇现在也没找对象，一时半会儿也不能结婚，就在那放着吧！家里也不等着用。等振宇啥时结婚估计也差不多了。"凌蝶信心满满地说。

艳秋沉默了一会："也是，到时把钱拿回来，妈也得给你点。你看你打小和妈也没享着啥福，你哥知道学习，你就愿意在家干活。打从六岁起就做饭、洗衣服，振宇和语蝶还得你带着。也是真没办法，妈也得上班养活你们四个，干指望你爸一个人可不行。"艳秋看着凌蝶深情地继续说道："还多亏有你呀！哎！就是把你给耽误了。这要是上个大学啥的那该多好，也能像你哥似的，找个地方坐坐办公室啥的，何必挨这苦累，妈看着也乐呀。"手在衣角处慢慢地捏着。

"妈，可别提那些事了，我就不爱上学，一听老师讲课脑袋就大。还没念大学，连高中都不想念，根本不关你们的事。再说了，我现在不也挺好？荣轩和我过得好着呢，就我这模样有人要就行了。哪像语蝶，人家好看有本钱，我要长那模样我也不找荣轩。"凌蝶搂了搂艳秋的后背，笑着说。

"你得了，说着说着就不着调。回家吧你，哪天你再过来和你爸说说话。"艳秋拍了一下凌蝶搂着自己的手，眼神带着微笑，用责备的语气说。

"妈，我知道了，爸没事，你一顺着他，他就啥都好了。振宇也没事，他就是找他那几个狐朋狗友去了，东家一天西家一天的，谁还能把他撵出去？他又不是小孩和谁好了还告诉你一声？你放心，他要是没饭吃早回来了！”凌蝶用力地拉了一下艳秋的手。

“哎，不放心有啥办法，上哪找去？打小就乱跑。”艳秋刚刚满脸的笑容渐渐地消失。

“得了，妈，别一提老二又叨叨了。你急管用咋的？我回去了，哪天我再去看爸。”凌蝶松开艳秋的手臂转身离开。

艳秋望着凌蝶的背影：“嗯，快回去吧。慢点，要么一会儿天黑了，妈也担心。”

12

雷鸣进厂找厂长要工资

雷鸣宽阔的额头上布满刀刻般的皱纹，纹理间充满丝网般的皱纹链接，看似满头的银发中略带星点的黑丝，眼睑下的眼带突起，两只眼睛依然清亮。坐在炕里，身边的炕席翻卷着露出泥土的火炕。一只手时而紧紧握一下拳头，似乎在验证着他还有没有力量握紧枪上战场。抬起手向脑后梳理了几下头发，放下手慢慢地打开手里已经被压得扁平的布包，将布包放在炕上，两只手取出抗美援朝的志愿军证件。一只手将证件拿到眼前，另一手轻轻地擦拭着证件的表面，用手指小心翼翼地掂开页码的底角缓慢地翻开，脸上僵直的肌肉慢慢地展开，嘴角向上渐渐地扬起。

许久，视线从证件移到炕上布包上放着的军功章上。用手轻轻地边拿边抚摸着，将军功章放在证件上，两只手同时放到眼前凝视着。拿开右手从衣扣间伸向胸口，手在那块曾经在收复平壤、将敌人赶回到三八线附近的第二次战役中，被子弹穿透了胸膛的伤口上抚摸着。耳边似乎又回响起了那段在开战前的班会上慷慨激昂的话：“咱们伟大的领袖毛主席号召咱们‘全国和全世界的人民要团结起来，进行充分的准备，打败美帝国主义的任何挑衅！’该死的美国佬儿欺人太甚，还用飞机轰炸咱们丹东机场！他们长的就算是铁蹄也要砍断！咱手里拿的是枪，不是烧火棍……”此时，雷鸣的嘴角迅速地上扬了一下，将手里的证件和军功章轻轻地放在炕上的布包上包在了一起，又小心地放在了炕席的下面。

雷鸣的脑海里不断地回忆着当初转业分配时的场景，“哪里需要就要到哪里去！在朝鲜战场上没死就证明俺还有命活着，命不该绝。回自己家了上哪都行。”

院门外传来敲门声：“老雷，干啥呢，快来，整两把小纸牌就差一手。”说话间一个老者走进了屋里。

雷鸣看了一眼来人，将身子往炕里坐了坐，拿过炕里放烟的盒子：“来，卷根烟抽，眼库。”

老者坐在了炕边，拿起雷鸣刚递过来的烟纸卷了起来：“老雷，没啥事就往社区走走，总在家闷着噶啥啊。”

“不爱去，整个妖兔子说啥也听不准。半天整不出来一张，没意思。”雷鸣没有抬头，一边卷着烟一边回答着。

“搁家待着你有啥事咋的？就差一手你打个替，来人你再回来稀罕你那个小布包，不是说你，能稀罕出钱来还是能稀罕出官来。能咋的？”老者“哼哼”地笑了两声。

雷鸣盯着老者，情绪激动地说道：“大眼库，俺就不爱听你唠嗑才不稀得去。你还追家里找来了，稀罕不稀罕咋的，那就不是钱的事！咱要是稀罕钱转业那会俺就不说上哪都行了，俺是怕自己大老粗害人，一条臭鱼搅了一锅汤。俺是觉景，你懂个屁！”

“老雷啊，你可歇着吧，还一条臭鱼，你还真能抬高自己。就你们厂现任的厂长是把几家大厂子全都干黄了才调到这儿的，说有业绩。到哪厂哪厂黄算业绩？什么狗屁逻辑！这回好，整你们单位去了。几个月不开资了吧？你知道几个问题。”老者一边说身子一边向后移动，慢慢地将身子靠在墙壁上，又向后靠了靠似粘在了墙上。

雷鸣坐在炕里用力地抽了两口烟，抬眼看着老者，拿着烟的手边点动边说：“大眼库，你都搁哪听说的？”

“还搁哪听说的，就你不知道吧，还总觉得自己挺能呢！”老者说完身子离开墙边坐直了一些，嘴里“哼”了一声。

雷鸣把手里还剩下的半截烟扔到地上，从炕里向外串了串：“你走吧，眼库。”

老者抬头看了一眼雷鸣。

“看啥啊，俺有事要出去，要不你待着，俺走了。”弯腰拿起了鞋，边说边穿了起来。

“得、得、得，我走。”老者起身，边往院门口走，边回头看了几眼。

雷鸣来到厂子，径直往厂子院里走去，门卫室里没有人出来阻拦。厂办公大楼的收发室也没有人，雷鸣直奔厂长室找现任的李厂长。

办公室的门没关，李厂长正坐在办公桌旁，背对着办公室的门，手里拿着茶水，边喝边看着报纸。

雷鸣没有敲门，直奔李厂长走去。人还未走到李厂长跟前就大声说道："你就是李厂长吧？！你是咋当上厂长的？没有那金刚钻，就少揽那瓷器活。"

李厂长快速转过身子，眼睛大睁着看着雷鸣："你咋进来的，你哪的？"

雷鸣没有回答继续说道："工人活命的钱都开不出来，你却在这可劲造，就你这扬了二正的样儿，你也不撒泡尿照照，看你自己到底几斤几两，配不配坐在这张椅子上？你知道天热搁屋里凉快着，你咋不下去看看工人们，机台，那可是上百度的高温啊！你上厂房里看看去，那可是一股股的热气，哪个不是一身身的臭汗。都为啥你知道不？就为了赚一口饭钱！还我哪的，你知道这是哪吗？这可不是你家，这是国家的，不是让你吃干饭，喝水玩的！你要干人事就得把厂子管好，得想办法让大伙活下去。你就好意思在这嘚瑟地喝下这碗水？"雷鸣的手指着李厂长端在手里的茶碗，喘着粗气。

李厂长脸色发白、半晌无语。放下茶碗、站起身，扬起的手臂似乎一直在空中："你是？"雷鸣大声说："俺叫雷鸣，退休工人。咋的了？"

李厂长一脸不情愿地假笑着："听说过。你坐，有啥事慢慢说。"手指着办公桌对面的沙发示意着。

"坐什么坐，有事说事。坐着也是要工资，不开资坐着就能吃饱了？你以为都像你那样坐着赚钱？不开资也不腰疼？拿着公家的钱算计自己的小九九？俺不坐，俺脸红！”雷鸣的声音一声比一声高。

“老爷子，别生气，这厂子是开不出资，不是都在想办法嘛。”李厂长说着走过来扶扶雷鸣的胳膊，另一只手指着沙发。

雷名用力地扔开李厂长的手：“你想办法？你是来打游击战的，东家混一阵西家搅几天，干不好吹灯拔蜡拍屁股走人，咱们可是就指望着厂子吃饭的。”

“话可不能这么说，我也不是想到哪就到哪的，那可是上面的安排。要是我自己能做主，谁也不愿意到一个不景气的厂子，事一样做，骂不少挨，乱摊子谁收拾都累。”李厂长脸阴沉了下来，语调中可以清晰地听出颤抖的声音。转身回到自己的椅子旁，拉过椅子坐在上面。

“别跟俺滑磨吊嘴儿的，干不好，就别接，别整那半拉嗑叽、突鲁反仗的事，就承认自己无能，你这是占着茅坑不拉屎。领导就得有个当领导的样子，要是当初上战场都是你这样的领导，别说八年，就是八十年也赶不走小日本，你早给小日本当亡国奴了。做人就得有个人样，抬起的不是头，那是你肚子里那个良心！你以为擦在脸上的就一定是脂粉呐？也可能是粪！别总想着朝天吐唾沫，最终一定会砸到自己的脸上。”雷鸣站在李厂长桌子的对面，手一直在空中挥舞着，花白的头发随着他一声声的怒斥有节律地颤抖着。

李厂长身子紧靠在椅背上，脸色在白与红之间不断地转变着，手里端着的水杯一会拿起，一会放下。慢慢地站起身，又慢慢地坐回椅子靠在椅背上，把手里的水杯放在桌子上，拿了一只干净的水杯，手颤抖地倒了一杯茶水："谁干工作也不是干一天就得退，不还得断续干下去嘛？我能来这就有来这的道理。来，老爷子，你别生气，先喝水，我会尽快想办法开资的。"说着把水杯推到了雷鸣的面前。

雷鸣似乎平静了一些，向身后看了看，走近沙发坐了下来："你今天说的话咱可都记住了，自打你来工资就开不全，百分之七十开资，百分之五十开资，现在都快月月不开资了，你的车不也照样坐。"

李厂长脸色苍白地微笑着看着雷鸣，头不断地点着。

13

振天送雷鸣回家找学强

办公室的秘书带着保卫处的赵处长及几个警卫人员，急匆匆地走进了李厂长的办公室。雷振天跟在赵处长一干人等的身后。

大家走进办公室，振天眼神快速地转动朝着雷鸣的方向狠狠地瞪了一眼，脸上的肉有节奏地抖动着，红着脸、弯着腰，站在李厂长的桌子前低着头说："对不起，李厂长！对不起，李厂长！我爸最近身子不太好，有点糊涂了。对不起，李厂长！对不起，李厂长！"

李厂长从上到下打量了下振天，表情僵硬，拿出放在桌子底下的手对着振天挥了挥："快劝劝你家老爷子。"

振天弯下腰连忙连着点头说："好、好、好，给您找麻烦了。"转身向雷鸣走了过去。

赵处长拿出烟递给李厂长，给李厂长点燃后与李厂长对视了一下眼神，也转身走近雷鸣："老爷子，快回去吧，办啥事都得有个时间、容个空。这么大岁数了咱可千万别生气了，老胳膊老腿的，这身子骨经不起折腾。"伸手从怀里拿出烟递给雷鸣，雷鸣接过烟，手依然颤抖着。

振天忙拿出打火机给赵处长点燃，转过头又给雷鸣的烟点燃。顺势伸手拉了拉雷鸣的衣角，不敢直视雷鸣的眼睛，眼神落在雷鸣的嘴唇上：“爸，不是和你说了嘛，慢慢来，领导们都在想办法。有啥事在家里和我说就得了，别到厂子来！李厂长他已经够累心的了，工资开不出来能不着急嘛？咱先回家再说！”

雷鸣看了看振天，锁紧的眉头慢慢地松弛，又慢慢地锁住，僵硬的身体似乎一下子软了许多，站起身来长出一口气，走出了李厂长的办公室。

振天顺从地跟在雷鸣身后，转身和李厂长说：“李厂长，给您添麻烦了，我先送我爸出去啊。”

李厂长也站起身跟在两个人的身后走到办公室门前，看着振天笑了笑：“好，快回去吧。”转身对赵处长说道：“快，老赵，送送老爷子。”

回家的路上，雷鸣在前面走，振天跟在身后。振天边走边抱怨着：“爸，你这么整还让不让我在厂子待了？这到底是唱的哪出吧？这不是给我戴眼罩儿吗？我可是你亲生儿子，我还在这厂子呢，做事咋就不考虑一下。”

雷鸣没有理会振天，在小路上不时传来的汽车声音中依然可以听到雷鸣喘息的声音。“这要是我不在这了你再来闹也行，你这不是给我往死胡同里挤兑吗！今后我怎么在厂里待吧？做事咋就不先想想，现在的厂子说不行就不行，早就没有几天活头了，我现在都不知道咋办呢，你还给我添乱。家里有钱就先花着呗，要工资也不是你一个人的事，干吗非得强出头。你就是一辈子刚愎自用，最后是里里外外不是人。说你啥好呢？”振天跟在雷鸣的身后，边翻看着手里的BB机边数落着雷鸣。

雷鸣突然停下了脚步，回过头看着振天的脸，昂着头抬高声音：“要不是因为你还得吃这碗饭，你以为俺能回来？你咋不看看你和狗腿子有啥区别？俺看你就不是个物儿！别看你上了几天学，你的书还真白念了。你看看你那些同学，哪个不比你强？就不是人样，也没看着狗样的！”

振天也站在了原地，看着雷鸣的眼睛：“那可不是我同学自己行，现在的社会没人脉关系谁能干上去？我早就想换个地方了，我得有那个能耐！上哪找人去？人家都是老子打江山，儿子坐江山。你这一辈子别说钱，攒下一个人没？我一个社会关系都没有，就认识那么几个半人，你让我上哪出息去？你知道我上大学时候的那个郝学强不？人家那才是父做高官子登科！老爸是局长，还没大学毕业就找好下家了！我可好，在你的谆谆教导下，我对人家那是爱理不理，感觉人家就是个窝囊废，天下是靠自己打出来的。现在我可知道啥叫蒙圈了，这辈子就是白混，啥也不是！”振天边说边转过身往厂子的方向走去。

雷鸣呼吸的声音越来越粗，也快速转过头往家里的方向走着，边走边点着头。

回厂的路上，振天翻开电话本，眼睛盯着小本上的一个电话良久，脸上渐渐地露出笑容。抬起头四处找着街边的电话亭，拨通了一个BB机号，开始焦急地等待着电话亭里电话声音的响起。

振天来回在电话亭里转动着身子，两只手不停地在胸前搓弄着。良久，电话响起，振天迅速拿起了电话。

那边问："是谁呼我？"

振天忙说："学强，是我，雷振天。"

那边学强的声音也很激动地说："哎呀！老同学，这是吹的哪门子的风啊？把你给吹出来了？"

"还啥风不风的，这不今天翻电话本吗，看着你的电话了，一下子感觉特别想当年上学的时候，说啥非得要给你打个电话才舒坦。"振天热情地说着，声音中饱含着激情。

"你咋这么长时间不照面了，都干啥呢？是不是有好事吃独食呢？"那边学强边说边"呵呵"地笑着。

"好啥呀！咱们厂子和以前可差老成色了，都要黄铺了，我都好几月不开工资了，你咋样了？"

"啊？你厂子都那样了？你可是高材生啊，整这么个地方待，这算哪门子事吧？我还将就，你要是不行就换个地方得了，非得一棵树吊死啊？"学强语气中充满着自信。

"我倒是真想走，啥也没有，还能跑出这高粱地去？"

"要不哥们儿给你看看，现在求人可不是嘴上说说就行的。"

振天兴奋地将手指抬起弹了一个响，眉毛向上扬了起来，后眼角的上眼皮迅速地搭在了下眼皮上，咧着嘴说道："没问题，要是你真能帮哥们儿一把，我一定尽最大努力。你看多少能行？该拿的哥们儿都得拿，咋也不能让帮办事的人在中间坐蜡！”

“咋也得上万块，你就少上点，也得几千块。这要是哥们儿说的算，不花钱都好使，现在是哥们儿翅膀不太硬。要不你先等等，等哥们儿说的算的时候吧！”学强无奈地说。

“你可收收吧，就咱们那破单位，说心里话我是一天也不想待了，半死不拉活的。我现在都成苏秦了，妻不以我为夫，父不以我为子，这样的日子我是过不下去了。烦劳哥们儿你了，可真当事办呐。”振天语气急切。

学强哈哈大笑着：“看来你是真走麦城了，行！就这么地，你听我信儿，把我的‘大哥大’号给你，回头直接打电话找我好找。”

振天记下学强的号码，放下电话，脚步轻松地直奔厂子走去。

14

父女忆往事艳秋茫然归

雷鸣一脸沉重地回到家，一米八二的身材看起来似乎矮了许多，两肩松懈地垂落着，四方大脸上一双虎目似一眼就能洞透人心思的目光已经缺少了往日的犀利，几根白色的眉毛倔强地直立在眉尾，眼神中少了年轻时的清透，多了岁月沉淀的混浊。

语蝶从房间走出来喊了声：“爸！”

“嗯”，雷鸣低着头淡淡地回应一声，直奔自己的屋里。

语蝶手里拿着一小把菜，从厨房顺着半掩的门缝往屋里偷偷地瞧着雷鸣脸上的表情。一边打理菜一边说：“爸，晚上吃点啥菜？”

雷鸣从被架上拿下了一个枕头放在炕头，弯腰脱下鞋子，头朝着墙背对着语蝶躺了下来：“爱整啥整啥，整啥吃啥。”

“爸说爱吃啥？”

雷鸣没有回应。

“谁又惹咱老爸生气了？不跟他们一般见识，大人不计小人过，宰相肚里跑火车。这可是您教我的，别把火车吓怕了在我这必须跑，到爸那就跑不起来了。”

语蝶把手里的菜放到灶台上，又走到雷鸣的门旁边，顺着半掩的门缝往屋里看着。雷鸣坐了起来，一只手拿着烟纸，另一只手不断地搓着刚刚晾晒完的烟叶，边搓边往烟纸里放着。听完语蝶的话，嘴角微微地上扬了一下，将手中卷好的烟放在唇边，用舌头舔了一下，把烟纸卷完后剩下的一角将纸粘上，点着手里的烟，继续搓着他的“凤凰赛”烟叶。

“反正不管是谁，能惹咱老爸生气的就没有一个好人！”语蝶把打理干净的菜放下，又拿起了一小把菜，学着雷鸣演说评书时的语调摇头晃脑的：“我爸是谁？那可是人送外号‘马踏黄河两岸，锏打三州六府，威震山东半边天，神拳太保、小孟尝、赛专诸’秦琼秦叔宝是也。尔等哪个不自量力，竟敢在太岁头上动呀土？！”

就听屋里雷鸣“呵”了一声：“牙尖嘴利毛长的家伙，打小就你溜球，这辈子你要不靠嘴把饭吃了都白瞎这张嘴了！咋的？谁惹俺生气就都是坏人？何着天底下就俺一个好人？”雷鸣的脸上泛起了笑容。

语蝶“呵呵”地笑着走到雷鸣的屋门口，探头往炕里的方向看着雷鸣的脸：“嗯呐，谁敢和爸讲理就是在太岁头上动土。”转身进厨房放下已经清理干净的菜，洗了洗手走进屋里，来到雷鸣身边：“爸来，转过身子我给你按按。爸是不会错的，错了也是他们给气的。”抬手摘下挂在绳上的毛巾擦了擦手，卷了卷袖子，把手放在雷鸣的肩上，用拳头轻轻敲打着。

雷鸣转过身子一脸的笑容："打小你嘴就甜，能说会道，从来不干活也没挨过打。家里的活都让你姐干了，打也都让她挨了。你姐不会哄人，说话嘴还臭。本来不想打她，让她服个软她都不干，非要争个理不可，死倔死倔的，一条道跑到黑。错老是别人的，对的老是她自己。你可好，还没等要举手打你呢你就说错了。问错哪了？还说不知道。正生气呢都能被你逗乐。"雷鸣边说边偶尔回头看一看语蝶的脸。

语蝶在雷鸣的身后撇着嘴，细声细气地说："那是爸疼我，谁不稀罕老小啊？"说着将自己的脸挨近雷鸣的脸，紧紧地贴了一下。

雷鸣亲了一口语蝶的脸："就你是蜜罐里泡大的，你哥你姐哪个没挨过打，就没打过你，就会哄人！俺也都知道你是当面一套背后一套，主意也最正。最有老猪腰子。"雷鸣回过头看着语蝶"呵呵"地笑着。

"爸，你咋这样说我呀？我是老记着爸的好，打小你就用自己做的小车推着我到处走；我不愿意坐车了，你就拉着我的小手到处炫耀，说我长得漂亮、聪明、小嘴甜、还特乖，长大了能给你打酒喝。"语蝶的手不停地拍着雷鸣的肩膀，时不时还会轻轻地按几下，边说边晃着头。

雷鸣点了一下头"呵呵"地笑了："要不咋能有个小酒壶的名。"

"嗯，谁家姑娘家家的起个酒壶的名啊，当时听着可生气了，感觉全世界就我一个人是最砢碜的！谁一这样叫我，我心里就说他坏话，趁他不注意的时候就偷偷地瞪他几眼。呵呵，现在可不一样了，感觉还挺好玩儿的。”语蝶的手开始有节奏地按着雷鸣的肩膀。

“你呀，一肚子鬼子六着。”。

“现在不烦他们了，还感觉他们都是稀罕我才起这么好听的名字的。”

“嗯，听爸话，跟谁都好好的，咱出去也不丢脸不是。”

“嗯，知道，爸。”

“你和驹治咋样了？这也有段日子了吧？”

语蝶正在敲打雷鸣肩的手停顿了一下，眉头急促地锁在了一起，用力地眨了一下眼睛，已经不动的手又轻轻地敲打着雷鸣的肩，轻轻地、长长地出了一口气，语气平和地说：“还行吧。”

“驹治这孩子特成，做事有板有眼的，虽然书念的不是很多，但看着特别懂事。就不说别的，你看人家到咱家来脸上总是挂着笑容，好不说、赖不说，人家从来也没拿公子哥样儿，做啥就吃啥，不管谁做饭他都帮着在厨房里掺和。难得啊，有钱还有家教的孩子不好找，知足吧。”

语蝶继续敲打着雷鸣的肩膀没有回应。

雷鸣继续说着：“长的也不算太砢碜，再说了，吃模样、穿模样、嚼模样啊？可千万别像你姐那样，找个你姐夫，整得轰轰烈烈，都要结婚了才和爸说，爸想管都不敢管了。工人那时候就不吃香了，还是个下井采煤的，那井下一冒顶说死就死啊。

哎，没办法，犟眼子，几头牛都拉不回来。结吧！现在可好，日子过得将将巴巴，一有事就没钱，一提钱就叽咯。爸是不想让你走你姐的老路啊，这女孩子嫁人可是一辈子的大事。”说话间，雷鸣把手放在自己的肩膀上，抓住了语蝶的手。

“嗯，爸，我知道爸是为我好。咱也不说姐了，姐夫也行。他俩在一起得劲就得呗，管他打不打呢。都这样了还能让姐离婚呐？过好过坏是她自己选的，咱还能咋的？”语蝶转过身来到雷鸣的面前，放下袖子。

“是呀，儿大不由娘，还别说当爹的。就因为你们俩是女孩子，爸也不爱多管，除了没办法了。”雷鸣弯腰拿起鞋慢慢地穿上，又转回了头：“对了，你妈说是去街道你赵姨找她，这都大半晌了咋还没回来呢？都快到饭时了。是不是有啥事了？”

“能有啥事！可能看着谁了唠嗑呢吧。爸是不饿了？我刚把菜都准备好了，现成的饭热热就得，我这就做菜去啊。”语蝶说着走进厨房。

这时艳秋走进了屋里，眼睛红肿，头发好像刚刚梳理完毕。弯着腰一脸笑容地说：“饭都做了，爷俩儿先吃吧，我现在不饿，先上炕趴会，脚有点凉，走得也累了，等会儿再吃啊。”艳秋脱掉了鞋子，上炕躺在了刚刚雷鸣放的枕头上。

雷鸣“嗯”了一声，没有抬头，走到炕边坐下，拿起烟盒又慢慢地卷起烟来：“这是真唠累了。”

语蝶看着艳秋躺下，走进厨房：“妈你歇着吧，饭现成的，我抄个菜就和爸先吃。”

艳秋“嗯”了声。

语蝶做好饭匆匆地吃了几口，放下碗筷和雷鸣说：“爸，我吃完了，我出去转转啊，一会儿就回来。”

“嗯，你去吧，等会你妈起来吃完，叫你妈收拾桌子。”

15

振宇被抓母女隐瞒雷鸣

语蝶出门直奔街道快步走去。找到管片的赵阿姨，走近赵姨身边压低声音问道：“赵姨，我家是不是出啥事了？”

赵姨起身拉语蝶走出街道办公室，把办公室门轻轻地关上，拉着语蝶的手来到门外的过道里，小声地和语蝶说：“你二哥振宇被收审呢，听说是在一个厂子里偷废铁被逮着了。”

“啊！？”语蝶惊讶地叫了出来，“啥时候的事啊？”

“刚找你妈的时候就是才接着通知。”

“能咋处理啊？就我二哥一个人？他能挨打不啊？”

“好像就逮着他一个，还听人家说，他说这年头谁偷东西跟别人说啊？哎，振宇这孩子也真让人操心。”赵姨也一脸无奈地说。

“这可咋办？二哥这事，爸还不知道呢，要是爸知道了会气出毛病来的，赵姨帮瞒着点儿，这事就别让太多人知道了啊。”语蝶拉着赵姨的手说道。

“放心吧，街坊邻居的，家家都有难唱的曲儿。东家长西家短的绕舌头根子扯老婆舌有啥意思。回家好好和你妈唠唠嗑，她刚才一直在这儿哭，临回家的时候在这洗把脸说是怕你爸看出来。哎，这辈子也真是难为你妈了。”

语蝶连声说谢谢，匆忙赶回家。

艳秋一个人在厨房里整理着刚收拾下来的碗筷，雷鸣坐在炕上手里依旧搓着他的烟叶，偶尔抬起头看电视一眼，叨咕上一句点评电视节目或其他不相关的事儿，似说给自己，又似说给正在厨房里收拾的艳秋。

语蝶走进厨房拉着艳秋的手往自己的小屋里走，艳秋也急忙放下手里的活儿，跟着语蝶来到了房间。

语蝶轻轻地关上房门：“妈，我刚去了街道，二哥的事我知道了。你可千万别上火，二哥这段时间也真嘚瑟的邪乎，成天啥也不干就和那帮混混在一起，早晚得出事，他是自作自受，这就是他的命。”

艳秋的眼泪止不住地流了出来，把头依偎在语蝶的怀里不停地抽泣，手指不停地拉扯着围裙的一角。

语蝶把手放在艳秋的背上，轻轻地从上往下捋着：“妈呀，咱可不能一有事就哭啊。你可有高血压的病，怕上火。再说了，这不也算是有二哥的信儿了吗？比吊着找不着不是更好吗？”

艳秋长出了一口气，“哼”了一声。

“就我二哥那扬了二正的德性，在家里也是到处祸祸，成天啥也不干，指望着天上掉馅饼，他进去不见得是啥坏事。”语蝶边狠狠地数落着振宇，边流出了眼泪。

“你说你二哥都快三十多的人了，还没成家就进去了，这以后的日子可咋办呢？”艳秋抬起头抽泣地说着，放开语蝶，慢慢地坐在语蝶的床上：“听你赵姨说偷那东西得值几十万块呢，还都是他一个人偷的，得判刑，这得坐多少年才能出来啊？”

“咱家二哥打小就那样，总是强势巴火的，噶啥都讲义气。他不说和别人一起干的还兴许是好事呢，这要是真有个一小帮人，还不成了盗窃团伙了！爱咋的咋的吧，该井死河死不了，该着他命里有这一劫。”语蝶边擦着艳秋的眼泪边说着。

“这回来不更完了吗？本来就没个家，到时候就更说不上媳妇了，还落了个小偷的名，落人口实啊！嗨，你爸的驴脾气也不好，回头要是知道了一发火指不定又出点啥事？这要是时间短还行，能瞒，这还不定判多少年呢？这事能瞒住吗？这要回头哪天真知道了，天还不得塌下来呀？”

“妈，咱就过哪河脱哪鞋吧，走哪算哪，没有过不去的坎儿！就先不告诉爸，等他知道了再说，回头和哥说说有啥事让哥去，哥没时间还有我呢。”

艳秋边扯着裙角边看了一会语蝶：“嗯，也只能先这样了，还能咋的呀？”站起身擦了擦语蝶眼角的泪水。

语蝶扶了一把艳秋：“走吧，妈。咱俩先洗洗脸上街上走走，一会儿再回来，眼睛哭得这么红，现在你回屋，爸一看就得急眼。”

艳秋长长地叹了一口气，眉头紧紧地锁了一下。起身洗了把脸，和语蝶一同走了出去。

16

活动室里得知振宇入狱

初冬，雪花悄悄地飘落，树梢上仅存的几片黄叶依旧牵扯着树枝，在风雪中摇曳着。

街道办的老年活动室里，一位老人大约六七十岁的样子坐在小板凳上，脸上粘满了纸条，弯着腰嘴里还不依不饶地说：“不是我的张打不好，是对家太毛愣，嘚瑟地、总打‘臭张’，和他一伙儿真倒霉，总让人家一勺烩。”抬起头看着在一旁观战的雷鸣，用手指着对家，大叫着：“你来，老雷，还是咱俩对撇子。看别人打扑克多没意思，带你一个把他替掉。再和他打下去我得气成燕别咕。”

雷鸣轻轻地笑着“呵”了一声：“还是你们俩一伙玩儿吧，就你不臭张，得了吧，眼库。我看你们俩玩儿的也挺带劲，这才是棋逢对手，将遇良才呢。”

对家的老者站起身拍了拍雷鸣的肩膀说：“呵，老雷这骂人的水平可又见长哈！还是你俩玩儿吧，也让咱见识见识你们的张儿到底有多高？别回头真气成燕别咕了，想骂也骂不出来了，那还不得憋出病来啊。”

“呵，不和你逗了，还是你们玩儿吧，俺上你就得观战，到时候干着急使不上劲，想说话都不敢只能憋着，这叫观棋不语。”雷鸣身板挺直、拍了拍手，示意老者坐下。

“来吧，咱俩总是输，也换换手气。这叫换手如换刀，杀杀他们的威风。”说罢老者离开座位，拉着雷鸣的手把雷鸣拽到了座位前，按着雷鸣坐下。

雷鸣连声说：“这才是的，这才是的。”顺势坐了下来。

对家的张景库大笑道：“来来来，咱们是输家先抓牌，雷鸣你先抓。”

雷鸣伸手抓了一张牌，挺直腰板大声笑道：“你还别说这手还真是刀，第一张就是大王。”说着把牌用力往桌上一放。

对家的张景库扬起脖子“呵呵”地笑着，声音高亢地说：“打扑克和上战场一样，主要看你的斗志，你看人家老雷这阵势。”抬眼看着站在雷鸣身边刚刚下去的老者，又回过头看着雷鸣，伸着手点了点雷鸣：“来，老雷。这把咱就杀他们个丢盔弃甲，看他们还叫号不，有信心没？”

“你就来干吧！就瞧好得了！保管让他们把裤子都输没，光着腚回家。”说着两个人“哈哈”地大笑起来。

俩人一边笑一边语言配合着，一连胜了几把，对方的脸上已经贴满了纸条。信心倍儿足的俩人，谈笑风生地唠叨着，要一路赶杀下去，却被对方又连赢了几把。

此时，雷鸣的脸上也粘满了纸条。

雷鸣抓牌的手依旧那么用力，脸上的笑容已经开始慢慢地散去，抓完牌后，边打量着对家边说道：“哎，我说眼库你能不能把牌靠后点拿好喽，像个大蒲扇似的，怕别人看不着啊？咋总打烂张？打牌一点都不稳当，一窜一蹦毛毛愣愣的。”

对家的张景库扬了扬脖子一脸不悦地看着雷鸣，狠狠地摔出一张牌：“你急歪啥呀？急头白脸的，别整得像你家老二似的，赢了就嘀嘀乐，输了就赖叽毛子急眼。打扑克不就是玩儿嘛？也不是赢房子赢地呢。”

“咱们家老二咋的了？啥时候赢了就嘀嘀乐，输了就急眼了？别瞎‘曰白’人好不？打个扑克还得株连九族。”雷鸣盯着张景库的眼睛狠狠地瞪了一眼，气愤地说道。

“还没有？你家老二上次和人家打麻将输了，拿着棒子到人家，打赖把钱要回来了。玩得起就得输得起，还上人家抄家要钱去了，还好‘文革’的时候他还小，要不指不定得做出多少丧心病狂的事。什么东西！这样的人不进去蹲笆篱子啥样的人进去！”张景库把要出的牌高高地举起又狠狠地摔在桌子上，气呼呼地说道。

雷鸣盯着张景库的脸，拿着牌的手和正在抽牌的手似乎顷刻间停止。良久，一脸疑惑地问道：“谁家老二进去了？你家老二才进去了呢。他是和朋友出去做生意去了，一直也没回家，你瞎扯啥啊？留点口德好不好，别没事扒瞎咒背人好不？”

“纸里能包住火？是‘疖子’早晚得出头。你不说别人就不知道了？一说你家人不好就急眼。本来就不好，有啥可不敢承认的？”张景库用似笑非笑的语调拉长了声音说道。

“有啥可不敢承认的，他进去了就是进去了，没进去就是没进去。咱老雷从来就是有一说一、有二说二，做人上对得起天，下对得起地。有就是有，没有就是没有！从来不没事背后咒背人。”雷鸣站起身把手里的牌狠狠地摔在桌上：“不玩了，憋气！”

张景库把手里剩下的扑克“啪”的一声也掴在桌子上，大叫道：“你这是和谁急头白脸的！有其父，必有其子。什么东西！”随即大踏步走出了活动室，将门重重地关上。

雷鸣在后面追赶着边追边喊：“你说谁呢？你到底说谁呢？突噜反仗的，也不留点口德，什么东西？你到底是个什么东西？”

17

求证振宇入狱艳秋病倒

雷鸣双手抖动地穿着衣服，眼皮快频率地眨动着，四周玩牌的老人停止了吵声。此刻，活动室里安静得似乎只能听到呼吸的声音。

雷鸣抬头快速地环视了一周，四处寻找着周围老人不停躲避的眼神，似乎在渴望着有一个眼神能和他完全对视，给他一个他要的答案。

外面依然飘着雪花，雷鸣急匆匆地走出老人活动室，关上房门后将头轻轻地贴在门板上。良久，转过身又匆匆地离去。

雷鸣打开房门还未到房间，就用粗重的声音叫着："小艳秋，你成天净干什么啊！"

还没等艳秋回话，雷鸣已经走进了屋里，指着正在缝纫机旁用旧布缝制着鞋垫，听到声音后刚刚站起来，手里还拿着半成品的艳秋鼻子，皱着眉头咬着牙齿问着："咱家老二到底上哪去了？啊！"

艳秋的声音颤抖着，眼睛不停眨动地看着手里还挂在缝纫机上的鞋垫，用颤抖的手将另一只已经缝制好的鞋垫拿起来和缝纫机上的鞋垫比对着。又慢慢地将手里的鞋垫放在缝纫机下面的抽屉里，两只手摆弄了一下围裙一角，低着头："我也不知道啊。"

"不知道？！你再说一个？"雷鸣将指向艳秋鼻子的手指放在艳秋的鼻子上面，快速而有节奏地点着艳秋的鼻子。

"从上次走就一直也没回来，听说是和几个朋友出去做生意去了，谁知道现在又窜哪去了。"艳秋站了起来，怯懦地看着雷鸣的眼睛，用近乎哀求的语调说。

"你听谁说的？谁告诉你的？二牲口现在到底在哪？"雷鸣收回了刚还在指着艳秋鼻子的手指，伸手迅速拉住了艳秋的衣服领子。

"我也不知道啊，我真不知道。老雷！"艳秋的手指更加用力地拉扯着裙角。裙角边已经拔丝的布被拉扯开了一条大大的缝隙，后面的几根手指紧紧地握在了一起。

"俺咋听说他进去了，你说，他是不是真进去了？你个犟种！啊？快说。"雷鸣扯拽着艳秋衣服领口的手有节奏地拉动着。

"老二打小儿就折腾，神叨叨的，我是真不知道啊。"艳秋脸色惨白，原本弯曲的身子似乎顷刻间挺直了许多。

"你再说！你不是知道他做买卖去了吗？"雷鸣的手更重更有节奏地拉扯着艳秋的衣领，用另一只手指着艳秋的鼻子。

艳秋向后倒退了两步，低着头，用手使劲拉着裙角，声音低沉到每一个字都好似从牙缝里挤出来地："我——真——

不——知——道！”

“你等着，俺要是知道你知道了不和俺说，今天俺就打死你！”雷鸣铁青着脸大叫着，声音一声比一声高，声调一句比一句沉闷。

艳秋重重地、狠狠地一口接一口地吸着气，脸色越发苍白地向后闪动着身子，坐在了地上，眼泪顺着眼角流了下来。

雷鸣直盯盯地看着艳秋的脸，一步迈到艳秋身边迅速地俯下身子，伸出双手抓住艳秋的双肩使劲地摇晃，瞪着眼睛，声嘶力竭地大叫着：“你不会说人话是不？到底咋回事，到底进没进去？就说进没进去就得了呗！哪来那么多眼泪球子？”

艳秋边哆嗦边往后靠着，身体好似要抽成一团，头随着雷鸣的摇动不断地晃动，脸上已经松动的肉一起颤抖着：“是，是，是进去了……”有些结巴地回答。

“啥时候进去的？咋就进去了？到底咋回事？你是死人呐，快点说呀！你咋那么可气！一扁担也打不出一个狗屁来！快点说！”雷鸣像是打了胜仗的勇士，继续追击地问着。

“给判刑了，判了八年。”艳秋无力地回答着，声音低沉，好像那声音不是从她嘴里发出来的。

雷鸣更加用力地摇晃着已经蜷缩在墙角依然颤抖的艳秋：“咋进去的？他都噶啥了呀？吭哧瘪肚的，你就不能一次把话说完呐？啥时候的事儿呀？”

艳秋越发地哆嗦：“都快大半年了，偷一个厂子的铁，说是能值几十万块钱。当时怕你上火，心脏病再犯了，就没敢和你说。”

雷鸣无力地松开抓在艳秋肩上的手，“扑通”一声坐在了地上：“作孽呀，俺这是作的啥孽呀？俺就说俺这段时间上活动室，就像做错了啥事似的。也没该谁、欠谁啊？人家瞅俺的眼神咋就不对呢！咱这是哪辈子没修好，生了这么个不着调的牲口啊？”

艳秋快速地站起身来，伸手去扶雷鸣，却摇晃了几下身子，一头栽倒在地上。

艳秋坐在了地上，急促地、大口地喘着粗气，眼角向下垂落，眼神呆滞，一只手在空中无力地挥动着，嘴巴慢慢地、轻轻地张开一条小小的缝隙，身子一点点地倾斜慢慢地躺了下去。

雷鸣眼睛大大地睁着，直愣愣地望着艳秋，良久：“你咋的了？快点起来！你这到底是咋的了嘛？俺就说你快点起来听着没？”雷鸣连声地叫着，把头慢慢地贴近艳秋的头和艳秋脸对着脸，眼睛一眨不眨地盯着艳秋呆滞的双眼：“俺没说真打你，快起来、快起来呀！”声音慢慢地无力，似乎是说给自己听：“咱家老二那是找地方吃饭去了，和你有啥关系啊？你不和俺说，是怕俺知道了难受、犯病。没真怪你，一辈子了，俺就这脾气，快起来、快起来！”雷鸣把手放在艳秋的腋下用力地拉着艳秋，试图让艳秋自己站起来。

艳秋被拉动起来，嘴里发出微弱的呜呜声，四肢自然地垂落。

“到底是咋回事呀！快、快、快，俺可不会管你，你快起来，俺就不知道啥叫伺候人！快点起来！”突然间好像意识到了什么，“腾”的一下跪了起来，用手推动着艳秋的肩膀，大声地叫着：“艳秋、艳秋，你是不是要死呀？你可别吓我呀！艳秋、艳秋。”

艳秋依然静静地躺在那里，呆呆的眼神不知道在看着哪里。

雷鸣赶紧抱起艳秋，慢慢地放到炕上，那双锐利的眼睛里不知何时已经充满了泪水。

18

艳秋治病驹治伸出援手

语蝶接到雷鸣的电话后匆忙赶回家。艳秋的额头中心暗红、嘴角歪斜、气息微弱而急促，语蝶看看艳秋，眼泪不停地流着："妈！妈呀！你这是咋的了？这到底是咋的了呀？"艳秋的头轻轻地转动着，似乎在寻找着声音的来源却又无法找到，眼皮跳动着，眉毛慢慢地向上扬起，嘴唇颤抖着，手费力地抬起，轻轻地摸了一下语蝶的衣服，就如平时天冷时怕语蝶穿得少叮嘱语蝶"多穿点衣服别冻到了"一样的动作。

"爸，妈这是病了，快送医院！"语蝶将艳秋的胳膊抓起背着艳秋就往门外跑。雷鸣呆呆地看着语蝶的脸，眼泪不停地流着，返身也往门外跑去。

驹治跑进来叫住雷鸣，在后面托着艳秋，和语蝶轻声地说："快！放下，我背。"语蝶看了一眼驹治，继续背起艳秋往外跑，驹治在后面托着艳秋的臀部将艳秋放在车上。

艳秋的头依着语蝶的肩膀上气息微弱地呼吸着，语蝶注视着艳秋的脸，不停地抽泣，不断地轻唤着："妈，妈啊，没事、没事了啊，咱马上就到医院了。别怕，就没事了，就快到了。"

语蝶将艳秋粗糙的双手放在自己的手里，另一只手不断地在上面抚摸着，眼泪像线一样不停地流着。

良久，语蝶将自己的头也靠在了艳秋的头上。雷鸣坐在车前面的副驾驶上将头转过后面，眼睛一直没有离开过艳秋的脸，泪珠儿一颗接着一颗滑过苍老的脸庞，身体不断地抖动着。

凌蝶急匆匆地走到呆立在抢救室门外的雷鸣身边，眼神翻瞪着雷鸣的脸，声音颤抖而洪亮地说道："你到底是咋的妈了？咋就整成这样了啊？到底是咋的了？这家里要是没有妈了还能算个家？一有事就和妈干，一有事就和妈干！妈这辈子都让你欺负成啥样了，这下可好了，你终于如愿了。也不知道妈这辈子到底欠你啥了？"凌蝶哽咽着边哭边数落着雷鸣。

雷鸣依坐在抢救室门外的椅子上，低着头，嘴角向下垂落，手散落地放在两边，没有抬眼看凌蝶，也没有说一句话。

语蝶走到凌蝶身边，拉了一下凌蝶的手示意凌蝶到另一边坐下，将嘴贴近凌蝶的耳边和凌蝶耳语着："就别问爸了，咋的也得先看病。现在我手里的钱不能够，平时爸也不管钱，我和爸都不知道钱放哪了，你知道妈的钱放哪了不？咱得赶紧把钱找着。"

"我，我哪知道啊？"凌蝶避开语蝶的眼睛，支支吾吾地说。

语蝶转过身问振天，振天一直低着的头轻轻摇动着。

"哥啊，咱妈得的是急性脑溢血。妈又没有医保，现在的钱只能是应急用，不能够，咱大家先得想想办法凑凑钱。"语蝶坐在振天身旁轻轻说着。

“我可真是一点儿也整不出来，家里空空的。都好几个月不咋开资了，就是有，小婉我也整不了。实在要是不行，我就得想办法上哪先借点去。”

“借啥呀，我这有钱。”驹治走到语蝶身边，看着语蝶说。

语蝶抬眼望着驹治，眼泪流了出来。把头靠在驹治身上，驹治伸手将语蝶的头搂抱在自己怀里，轻轻地拍了拍语蝶的后背。

语蝶在驹治的怀里小声地念叨着：“不管咋样，我想有个妈，我只想妈活着，我想要妈活着……”

医生说艳秋生死参半，即便是活下来，生活也可能不能自理了。

三天里，雷鸣没有离开过医院，不管谁来陪护他都执意留在艳秋的身边不离开半步。艳秋轻轻地一声咳嗽，雷鸣都会迅速起身来到艳秋眼前，盯着艳秋一直到艳秋的呼吸平和为止。他没有吃过一顿饭，偶尔在大家的劝导下才会简单地喝上一口水，大部分时间是坐在艳秋的身边默默地看着艳秋发呆。

雷鸣一下子苍老了许多，眼角时时都挂着泪水，静静地守在艳秋的床前，呆呆地看着与他朝夕相处的老伴。头脑中不断地闪现着和艳秋婚后的日子，艳秋从没有顶过一句嘴，不管自己说啥、做啥，从没有反抗过；从不敢大声说一句话，做每一件事都要先看看自己的眼睛。自己都六十多岁的人了，还分不清油盐酱醋，没洗过一件衣服，没做过一顿饭。想着想着，他用手轻轻地抚摸着艳秋的脸颊，把头埋在艳秋的怀里。艳秋依然静静地呼吸着，病房里非常安静，雷鸣的泪水也静静地流着。

每一次看到这样的情景，语蝶也会陷入自己的回忆里。想着小时候过年，不管生活如何艰苦，妈妈也会给自己缝制新衣。自己也总是在年夜里和小朋友们一起提着灯笼玩到年夜饭的饺子蒸熟，妈妈到小院里喊才会回家。十岁的那一年，把新衣服刮破了，害怕得早早就跑回家。妈妈问为啥这么早就跑回来？咋还把新衣服脱了？自己说等过完年上学的时候再穿，现在舍不得，就出去玩了。等晚上回来的时候，看见衣服放在自己的床上，胸前划破的口子已经变成了一朵美丽的小花儿。在妈妈的观念中正月是不能动针线的……语蝶望着躺在病床上没有言语的艳秋流着眼泪，默默地感受着……

19

雷鸣发忏悔语蝶被感动

夜已深，雷鸣听说艳秋已经脱离了生命危险后坐在艳秋脚下的床边，手里握着绑在艳秋床头上的麻绳，困顿地打着瞌睡。

艳秋盖着被子睡得很沉，隐约中可听到细微的鼾声。那根麻绳就在艳秋床头的铁管上和雷鸣的手笔直地连接着。凌蝶走进病房，艳秋睁开眼睛将手从被里慢慢地拿了出来。雷鸣睁大眼睛快速地俯过身去，将头贴近艳秋的脸，看着艳秋的眼睛急切地问："咋了？哪不得劲了？"

艳秋转过头，呆滞的眼神愣愣地看着雷鸣。

凌蝶走到雷鸣身边："爸，回家吧，妈没事了，咱们在这就行了，放心吧。"

雷鸣看了看凌蝶，又看了看艳秋。

语蝶也哀求着："老爸，有姐和我呢，你就先回去歇歇吧！"

"没事，俺回去也待不住。"

"看这样妈真没事了，你就先回家睡个好觉吧，再不回家你的身体也扛不住了。"凌蝶看着雷鸣关心地说。

雷鸣看着语蝶猩红的眼睛，也怜惜地说：“还是你先回吧，俺想和你妈多待会儿。”

“等回家的，妈都好了，以后还怕没得待啊？不差这几天啊，爸先回吧。”语蝶笑着说。凌蝶看了看雷鸣，又看了看语蝶，板着脸：“得了，你俩别一个劲地让了，你俩都回我在这，就你俩是亲人呐，我也是，全走！”

语蝶看了雷鸣一眼，雷鸣的嘴微张着，眼皮不断地眨动着，那根绑在床头的绳子拉得依然笔直。“爸，那咱俩就一起回吧，这有姐，你就放心吧。”

雷鸣看了看凌蝶，又看了看语蝶：“好吧，那咱俩一起回。”说着把绳子交给了凌蝶：“好好地握紧了，万一要是瞌睡了，你妈有事叫你该不知道了，你妈不会说话，她没办法叫你帮她噶啥，你要不知道她就只能自己难受。先看是不是尿了、拉了。暖气片上的小垫都干了，一晚上够换，可别让她睡尿窝里。这屋就你和你妈，你可得精神着点！”

凌蝶快速接过雷鸣手中的绳子笑着说：“我知道了，你咋变得这么磨叽了？我是要来的呀？这可咋整？我可是她的亲闺女，这可是我自己个儿的亲妈，我还能扬了二正的呀？快回去得了！一会医院该锁门了。”说着伸手推了推雷鸣，点了点头，将绳子拿到雷鸣面前用力地握了握。

雷鸣淡淡地笑了一下，一步一回头地和语蝶一同走出了病房。

夜很静，天空飘落着雪花，昏黄的街灯下，语蝶挽着雷鸣的胳膊，头依在雷鸣的肩上。

雷鸣抬起手摸了摸语蝶的头发："爸这一辈子活的啊，哎！你们跟着俺一天好日子也没过过。那时候还没有你，正赶上大跃进，家里穷得每个人都只有一条裤子，晚上洗，早上就得穿。夏天还好，冬天就没办法了，一洗裤子就得把裤子放在大锅里烤，要么就放炕头上烙，啥时候烤干了你妈啥时候睡觉。她这辈子可真不容易，俺上班你妈怕俺吃不好，有好吃的先可着俺吃，俺吃完了给你们吃，咱们吃剩下啥她就吃啥，再把吃不完的带上班。俺咋就从来没想过她呢？"雷鸣的眼泪流了出来，嗓音嘶哑地说。

"爸，可别想那些了，过去的都过去了，妈知道你跟她好。"语蝶抬起头，流着眼泪，伸手擦着雷鸣脸上的泪水。

"这回俺要是和她好好说话，她咋也不能病，哎，这辈子啊。你说她这么好的人，咋能得这个病呢？她要是真这样就走喽，就是我害死的！"雷鸣哽咽着将手抬起擦拭着眼角的泪水。

"爸呀，你放心吧！妈都没事了，还怕啥啊？妈这么好的人，老天爷咋也不会就这么要了她的命的。"语蝶用坚定的语气说，挽着雷鸣的手臂，用力地挽了一下雷鸣的胳膊。

雷鸣低头看了看语蝶，用手帮语蝶擦了擦刚流下来的泪水。

语蝶笑了，也帮雷鸣擦拭着脸上的泪水。

"得了，回家咱爷俩都得好好睡一觉，你妈福大、命大、造化大，老佛爷保佑也一定会好的。"雷鸣长吸了一口气，用坚定的语气说。

躺下翻来覆去睡不着，雷鸣打开了家里的炕柜，把所有的包一个一个地翻开，一件一件衣服地检查着衣兜，又打开了箱子一个个地翻看着。边翻边疑惑，小声嘀咕着又好似在说给语蝶听："这小艳秋能把钱放在哪呢？逮着个空就装东西，这上哪找去啊？咱们咋也不能总用驹治的钱，人家和你能不能成还不一定呢，这还没咋的，就用上人家的钱了。这个小艳秋到底会把钱放在哪呢？"

语蝶听到雷鸣在屋里折腾的声音，跑过来问："爸，你都困成那样了，咋还不睡啊？不是趴被窝里了嘛？咋又起来了？这是噶啥啊？"

"找钱！不能总用驹治的，人家又不欠咱的，俺凭啥用人家的？"雷鸣一脸严肃地说。

"等等没事的，过几天妈出院了再说呗。先睡吧爸，好不容易回家睡一觉。"语蝶一把抱起雷鸣摆在炕上的衣服堆在了炕梢。

"那哪行，咱家又不是卖女儿，爸是怕你拿着人家的钱跟他搞对象以后日子过得憋屈，俺可别手短。"雷鸣边继续翻着衣服包边说。

语蝶笑了："爸总怕我过穷日子，这下也放心了吧。"

"爸是被你姐穷怕了。这还没咋的呢，咱可不能总用人家的钱，那样让人家瞧不起。就是成家了，咱也不能这么干，这得多让人家笑话，又不是活不起了，拖累孩子！"

"我和驹治挺好的，他这个人还真不错。爸这双隔山能看出蚊子公母的眼睛，还能给我选错对象了？”语蝶“呵呵”地笑着说。

雷鸣也笑了。

“先不急找钱，在家也飞不了，先睡吧！”雷鸣无奈地点了点头。两人把翻出来的衣服一起先堆放在一起，语蝶看着雷鸣躺在炕上，替雷鸣掖好被角，返身回屋睡去。

语蝶躺在被窝里，回想着艳秋住院的这些日子所发生的一切，驹治的身影就浮现在眼前。想着驹治的帮助，又想起驹治将她的头搂在怀里，似乎又感觉到了驹治胸前的温暖，听到那胸膛里急剧的心跳声……不觉轻轻地自言自语道：“这家伙，还真行！”

20

姑嫂间病房吵闹引围观

天空一片漆黑，凌蝶一个人站在典当行的门前，一只手在空中伸开，握紧，伸开，握紧……不断地重复着。

迎面走来一群嘴角流着血的人，一个个地从凌蝶的身体里穿过，却又没有被撞的感觉。凌蝶呆愣地站在那里，四处地找寻着可以躲避的地方。不远处，一座小山出现在那里，凌蝶大迈步慢慢地跑过去。那些嘴角流着血的人依然一个个地从凌蝶的胸膛里穿过，凌蝶跑到山的后面蹲在那里，嘴角流着血的人也蹲在了那里，和凌蝶合二为一。嘴角流血的人依然在四周行走着，他们能穿过一切障碍。

躺在艳秋脚下手握麻绳的凌蝶使劲晃了一下头，满头大汗从梦境中惊醒。凌蝶快速地环顾着病房的四周，快速地走到窗前，站在窗前的墙角。手里握紧绳子，转动眼睛看着房间的四周。

此时，振天带着小婉走了进来："妈咋样了，好点没？钱知道放哪了不？有眉目没？"振天拿过椅子，隔着艳秋的床头。

凌蝶也拿过来一个椅子坐在振天的对面。

小婉站在艳秋的床脚下来回地走动着，靠近艳秋的床边时抬头看看艳秋的脸。

凌蝶用眼睛的余光狠狠地夹了一下正在艳秋床脚下来回走动的小婉，睁大了眼睛反问振天："我还想问你呢？你想点办法没呀？"

振天愣愣地看了一眼凌蝶："这不……"

还没等振天回答，小婉停下脚步盯着凌蝶的眼睛说道："你让他想啥办法？他能想出啥办法？找我要？我上哪整去？他除了和我要钱，让我回娘家拿，还能上哪整钱去，你以为我是欠你家钱呐？我嫁你家，你家给啥了？谁帮我一点了？穷嗖嗖地不和你们较真你们还总找扯我！一有事就找咱们，我是开银行的啊？想啥时候取啥时候就得有，银行晚上还关门呢！"

"谁跟你说话了？哪都有你呢！"凌蝶转过头看了一眼小婉，又转过头用手拉着艳秋的被角轻轻地往里掖着。

"你以为我愿意掺和你家那点乱屁股事啊？你不知道你哥完蛋？这一阵子又要换工作，哪来的钱啊，不都是我舍脸找我娘家借的吗？说借，啥叫借啊？哪回不是肉包子打狗一去不回！你家管啥了？"小婉更加愤怒地说着，声调更加高亢。

"现在是说妈病的事，别老整用不着的。一有事就把七百年谷子，八百年糠全抖搂出来。啥也没给你，你不也嫁了嘛？你跟我哥当初要是看钱，我哥能要你啊？咱就别说你长得要多砢碜有多砢碜了，就你那一副阶级斗争的脸就不能要你！长得还没有武大郎加三块豆腐高呢，要学历没学历，要模样没模样，还想找个大学生？看着你都蹩脚！还我哥找的不对了，你家是烧了八辈子高香才找的我哥。我哥咋了？不是妈生的？他是从石头坷垃里蹦出来的？还没给你啥？这么一个大活人，这么好的一个优良品种！你还要啥？给脸不要脸！一有点事就磨叽，瞧着你就硌硬！”凌蝶的脸扭曲着，声音低沉，胸脯随着她说话的声音有节奏地起伏着。

小婉气急败坏往凌蝶跟前凑着，睁大了眼睛。呼吸一声比一声急，慢慢地，一字一句地说道：“也不知道咱俩谁给脸不要脸，也不知道谁瞧着谁硌硬？我再难看也把女人该干的活都干了！总比有些人强，连个老母鸡都赶不上，养个老母鸡还下蛋呢，也不知道谁一张嘴就潮得乎的，还是个死门，连个蛋都不会下。长得就更甭提了，奔儿楼巴相跟拖拉机似的，咕咚的邪乎。什么东西！格路玩意就是和人不一样！”说完后摇头晃脑地在病房的过道里慢慢地来回地踱着步。

凌蝶快速地站起身凑近小婉身边，举起手指着小婉大声叫骂着：“你个缺心眼儿的，要不是看在医院早就削你了，不要脸的东西，你再说一遍！你敢再说一遍我就撤你嘴巴子！”

“你撤我？撤我的人还没出生呢！哪凉快麻溜上哪待着去得了，咋那么着人硌硬。”小婉声调中带着嘲讽的语气，依然来回走动着。

此时，在一旁看着艳秋的振天站起来：“真是没办法活了，活着有啥意思。你们就逼吧！你俩真是不知道好赖，妈病着呢，这可是在医院。真有那两把刷子你俩就出去打，看谁能把谁打死！外面那么多坟也不知道哪个坟里的人是你俩打死的。滚，都滚出去！”振天走到凌蝶身边伸手拉起凌蝶的手，又看了一眼小婉，伸手指了指门的方向，又回手拉了一下小婉往门的方向用力拉着两个人。

小婉重重地摔开振天的手一个人打开房门，病房门前站着一群刚刚在门口张望的人们。小婉回过头看了看振天，从人群中冲了出去。

凌蝶坐回艳秋脚下的床上，俯下身子看了看艳秋，眼泪不停地流着。

艳秋依然沉睡着，好似没有听到任何声音。

“你们先回去吧，在这也没啥用，不能都这么守着，下回你们来的时候我马上就走！”凌蝶声音放低，语气沉重地说。

“你嫂子就那样，你非说那些噶啥？”振天伸手拍了拍凌蝶的肩膀，快速走到病房门口回过头：“那我就先回去了，有事找我。”转身也从人群中走了出去，轻轻地关上了病房的门。

振天一路小跑地追上了小婉：“你怎么说话那么狠？凌蝶最恨说她没孩子的事，你偏偏就往这上整，平时她连别人家的孩子看都不看一眼，她想要孩子想要的都要疯了，你偏偏火上浇油，谁说要跟你要钱了？凌蝶那是和我商量呢，你没事老接啥茬啊？啥时候咱家人说话能心平气和把一件事从头到尾一次全说明白，那真得日头打西边出来！”振天尽力地睁着眼睛，让后眼角的上眼皮和下眼皮拉开距离。

小婉面无表情地跟在振天身后，一路无语。

21

同学回电话振天调工作

“嘟嘟……”振天的BB机响，振天掀起衣服急匆匆地将腰带上的BB机取下看了起来，脸上顷刻间布满笑容，将手里的BB机高高地举起：“耶，小婉，是郝学强的大哥大号！”

小婉忙跑过来抢过振天手里的BB机仔细地看着。

“这都等多长时间了，这家伙终于来信儿了！”振天四处张望着，找寻电话亭回电话。

小婉也四处张望着，好像突然眼前一亮，眼睛使劲睁着，冲着振天用力地摆着手臂，大声叫喊着：“快，那边有个小卖店有电话。”

振天转过头看着小婉，顺着小婉手指的方向迅速跑了过去，小婉也跟在振天后面跑了起来。

振天上气不接下气地跑到小卖店，忙敲打着小卖店的窗户呼喊着：“快、快、快，我打个电话。”

小卖店的店主揉着眼睛走了出来，把电话送到窗外：“慢点敲啊，这都几点了。”

振天满脸笑容地看着店主，点了点头，快速拿起电话，一边看着手里拿的BB机一边拨打着学强的电话。

那边传来学强的声音："咋样了老同学？还好吧，等着急没？"

"不急，办啥事都得慢慢来，哪能说办就立竿见影呢？知道哥们儿肯定当事办。"振天语调中充满着喜悦。

"我知道你心里急，其实我比你更急。这一阵子总出门，也很少在本地待，还想给你整个像样的地儿，最起码得有点捞头。要是整个还是赚死工资跑龙套的地儿，还扯那屎窝挪尿窝的事噶啥？咱就甭说锦上添花，最起码也得差不离儿点吧？"

小婉踮着脚站在振天身旁，把耳朵尽可能地贴近电话。

振天冲着小婉"嘶嘶"地做着口型，满脸笑容地瞪着眼睛："这事整得让哥们儿费老心了，都不知道咋说好，相当于救哥们儿命一样。"振天语气坚定地边说边冲着小婉眨动着眼睛、点着头。

"别整没用的，谁用不着谁啊？"学强"呵呵"地边笑边说："我不给你打电话你是真不找我，钱送来就没影了，还挺有抻头。"

振天脸上堆满了笑容，本就不太大的眼睛被松弛的上眼皮盖住了后眼角，一双眼睛挤成了豆豆眼，语调舒缓地说道："我就知道这事一定不能岔劈，哥们儿一定是有事绊着了，要么就凭咱老同学的为人、这背景，早就搞定了，哥们儿真是放一百个心！"振天的手在空中比画着，头也随着说话语调的变化不断地摆动。

小婉在振天身旁抿嘴笑着。

“这人呐，甭管干啥事说哪就得办哪，绝不能秃噜扣儿，说出来的话不兑现，突鲁反仗的，不是让人讲究嘛？哥们儿，听着，明天过来找我，换工作！”那边传来学强爽朗的笑声。

“真的啊！”振天睁大了眼睛，握紧话筒的手也抖动了一下，迅速把电话拿到两个人的中间位置让小婉尽可能听清。

“咋的，不相信是真的还是不相信你的耳朵呀？”那边学强边笑边说着。

小婉冲振天使着眼神，不断点着头。

“相信，相信，相信老同学！你太好使了，这辈子认识你我可算是真没白活！”振天也冲小婉点着头，眨着眼睛。

“哈哈，可别戴高帽了！”

“我还用准备点啥不？”

“还准备个啥啊，把人带来就成。该办的我都办好了，一切都上了道，就差你自己慢慢摆了，你就空人来就成。”

“好哥们儿，明天我请你，咱找个好地儿，乐和乐和！”

学强再一次大笑着：“你得了吧，老兄。要是工作还得劲的话，哥们儿请你吃饭！你来我这，我就是地主。你乐呵，我就乐呵！”

“别、别，还是我请，你可是我的恩人呐！”

“快省省你那几个板子吧！回头留着请你新工作地儿的同事吃去吧，整明白喽，别让人家讲究咱就成。你那儿的头我帮你打点完了，大官好见，小鬼难搪，头三脚踢得漂亮点！”

“没问题，我知道自己多大脚穿多大鞋。”振天“哈哈”地笑着说道。

“呵，还多大屁股穿多大裤衩呢！就这么定了，明天下午见！”学强也“哈哈”地笑着。

振天放下电话，将手伸向天空用力地抓了一下，握紧拳头。

一直站在身边的小婉把头朝振天那边挨近了一些：“学强还真办事了！真给你换工作了！”眼睛里充满了泪水。

“必须的，上学的时候就他这样的，我都不稀得搭茬，现在把他喘上了。”边说边摇晃着脑袋。

“还真行！没肉包子打狗。”小婉边擦着眼泪边推了振天的后背一下。

“终于可以松口气离开那个倒霉的破厂子了！这回可是宽广的大路越走越亮堂喽！”振天拉着长声说，脚下迈着方步，挺着胸晃着腿慢慢地往前走。

“上哪个单位啊？”小婉拉了一下振天的衣服。

“不知道，没问。”振天继续向前走着，头左右摆动着。

“咋不问问呢？你都问啥了？”小婉的语气中略带不耐烦。

“我还有得选吗？让去哪就去哪。我现在是‘配军’知道不，印上戳就得服从。”振天看了一眼小婉。

“呵，也是！只要有地儿要，离开那个破厂子去哪都成。要啥啥没有的人，有一个能开全资的地方就不错了。钱也算没白花，学强这小子还真办点人事。”小婉用手挽着振天的胳膊，边笑边晃动着身子。

振天的脚步恢复了正常状态，没再应答小婉，两个人继续前行。

第二日清晨，平日里睡懒觉的振天，在一夜无眠中已经无法安枕。他早早起床梳理完毕，找出平时最喜欢的衣服，用熨斗细心地熨烫着，联想、推测的场景在脑海中不断出现。振天时不时地照着镜子，嘴唇张张合合地练习着，时而转身看看自己侧面的身形和脸庞，突然将手握紧拳头举到嘴的前方，大声唱道："沿着江山起起伏伏温柔的曲线，放马爱的中原爱的北国和江南，面对冰刀雪剑风雨多情的陪伴，珍惜苍天赐给我的金色的华年，做人一地肝胆，做人何惧艰险，豪情不变年复一年，做人有苦有甜，善恶分开两边，都为梦中的明天……"声音越来越亢奋。

小婉从厨房里冲了过来，一把抓住振天举在嘴角的手，试图慢慢将振天的手放下。振天的腰板依旧挺直着，用力地把手握紧，再一次将手放在嘴边。

小婉看着振天，握着振天的手轻轻地放下，边笑边小声说："这大清早的，有几家醒了？平时睡到太阳照腚了都不起，今天太阳都没你起得早。你过年别人都和你一样吃饺子？听你鬼嚎啊？疯子！别把小情也吵醒了。"说着用力掐了掐振天的脸颊。

小情在床上翻了一下身子，将被子捂在自己的头上细声细气地说："别唱了爸爸，人家还困着呢。"

振天把脖子缩了缩、头左右摆动着将食指放在唇边冲小婉做了一个"嘘"的动作，瞪大眼睛，扮着鬼脸，拿着手里的熨斗蹑手蹑脚地走到小婉的身边，拉着小婉走进厨房，轻轻带上了房门。振天小声小气地说：“等我行了，什么女人靴、女人瓢的全给你买！咱也买个裘皮穿穿，咋的，咱就非得穿军大衣啊？”接着，拿起水瓢盛了点水，慢慢往熨斗里注入，嘴里依然小声哼唱着：“看铁蹄铮铮，踏遍万里河山，我站在风口浪尖紧握住日月旋转，愿烟火人间，安得太平美满，我真的还想再活五百年……”

小婉一脸幸福地盯着振天的脸，许久……

22

学强带振天见现任领导

振天来到郝学强的办公室门前，轻轻地叩响了房门。

门开了，郝学强扭动着肥胖的身躯迎了出来，一把拉住振天的手，另一只手在振天的后背拍打着："来，哥们儿，聚一次还真不容易啊！要不是因为工作这胎没投好，你这高材生在学校连瞧都懒得瞧咱的人，哪能到我这寒窑里来？"

振天微微扬了一下头，咧开嘴淡淡地笑了："算了，老同学，你可别取笑我了，这胎投得就别提了。"振天边说边摇头，继续说："上学时我俩就不错，当时就是感觉你家太有背景了，我想巴结也难，干脆，就自己识相点往后退吧！"

郝学强回到了自己两米长的老板台后面，坐在了按摩椅上，身子斜靠在一角，臀部压在按摩椅的前沿，看着振天笑，指着对面的沙发示意振天坐下来。

振天转过身朝着对面的方向走，用眼睛的余光打量着学强的办公室。二十多平方米的房间，西方是两米宽的观赏鱼缸，里面养着白色和金色的大约一尺长的大鱼；北方摆放着绿意正浓的榕树盆景，根须一半裸露在外，一半深深地扎入盆里，上面覆盖着茸茸的草皮；一间装饰的茅屋旁是经人工修饰的古木老藤，草皮上相对而坐的是两位下棋的老者，神色悠然。振天呆呆地看了半晌，不禁下意识地转过头轻轻问了一句："这树，这鱼？"

"这鱼是金龙和银龙，这树叫榕树。老话讲嘛，这叫金子、银子全着呢，荣华富贵！来，快坐吧。这有啥好研究的，也不是咱能整明白的。都是花钱找人按风水摆的，五行相生，我坐旺地的官位。"说着郝学强举手示意振天坐在对面的藤椅上。

两个人从上大学开始一直谈到现在的种种变化，不觉中已经到了晚上七点。郝学强抬头看了看落地钟说："也差不离了，一会儿我带你去会会你现任的头儿。"

"现在？这么晚了？在哪儿见？"振天也拿出BB机看了看，愣愣地问道。

"你就甭管了，他会安排的，跟着我走就是了。"学强笑着拍了拍振天的肩膀。

老板台上的大哥大响起，学强双手撑着按摩椅的两端，屁股向后靠了靠，伸手慢慢拿起大哥大，将另一只手放在按摩椅的扶手上，歪着身子又扭到另一个方向，两条腿伸到老板台上："好、好，就这样，待会儿就到！"放下大哥大，回过头笑着对振天说："走，咱们出发。"

郝学强慢慢地将放在老板台上的腿放了下来，站起身将那双白胖细腻的手放在肩膀上，拉了拉由于空调开得太热已经粘在肉上的汗衫，活动了一下肩膀；又将左手扣在腰带的头上，右手将屁股后面的裤子向外用力地拽了拽，肥硕的屁股依然向后有力地靠着，好像要冲出裤子自由地游走；突起的肚子和腿上的肉也随着走路的频率上下颠动着。

振天跟在学强身后也昂起了头，努力矫正着自己的身姿和步伐，似乎想与学强保持一样的模式。

学强开着蓝色的现代车带着振天来到市郊的一家大酒店。

酒店里灯光隐晦，宽敞的大厅里，二十几桌餐台笼罩在闪耀的霓虹灯下，几个穿着入时泳装、身材高挑、十八九岁的女孩儿正在T台上表演。正对着T台的桌边，站起一位五十岁左右、身材矮胖的男人，向学强走了过来，边挥手边大声地叫："嗨，郝大公子终于驾到了，我可恭候你多时了。"学强也爽朗地笑着迎了过去。两个人在前面走，那个男人揽着学强的腰，由于个子太矮，伸出的手在学强的腰上，肘臂贴在学强的臀部上，随着学强走路悠闲的频率，在学强的屁股上有节奏地上上下下挪动着，两个人边走边说。

振天一声不响地跟在两个人的身后。

来到桌子旁，学强回头朝振天点点头："这位是刘处长，也是你现在的顶头上司。"

振天眼睛看着刘处长，快速走到学强身后，将学强身后的椅子向后轻轻地搬动了下，学强坐下来又对着刘处长笑着说："这位就是我的老同学雷振天，也就是你新上任的部下。"

刘处长忙伸出手，露着不太整齐的四环素牙笑着说："欢迎，欢迎啊，从今天起咱们可就是一家人了。"

振天忙走近刘处长一步，弯下腰快速伸出手来："刘处长好，刘处长好，以后还请您多多关照。"振天边说边用另一只手拉了拉刘处长身后的椅子，微笑着看着刘处长。

刘处长坐了下来，那只手和振天的手一直握在一起，另一只手拍了拍振天的肩说："好说，好说，可别见外，大家都是自己人，一家人咱可别说两家话。有郝大公子在，咱还怕不得烟儿抽？"边说边冲着振天微笑着点头。

振天看着学强，学强满脸笑容地点了点头。

刘处长也满脸笑容地看了看学强，转过头看着振天："小雷呀，千万别想太多，工作上的事以后我会罩着你的，我也是郝局长的老部下，搭眼一瞅你就对撇子，郝大公子关照过的事，是一定得照办的，不仅得开面儿，还得雷厉风行！"边说边帮学强拉开了朝向T台的椅子，将眼光再一次投向郝学强。

学强的手指边点着刘处长，边"呵呵"地笑着，大大乎乎地边走边微微地点头，在刘处长刚拉开的椅子旁坐了下来，将身子紧靠在椅背上，两条胳膊松散地搭在桌子的两侧，轻轻抬起右手小臂扬了扬，看了一眼振天，和刘处长对视着哈哈大笑："看来，刘处才是行家，这才是调风的高手。"

刘处长拉过一个椅子示意振天坐在学强和自己中间，振天红着脸，眼睛盯着学强。

学强"嘿嘿"地笑了："老同学，不用这么拘谨，让你坐你就坐，听领导的话，要啥啥都有。"学强冲振天点着头，将手伸向刘处长刚让振天坐的位置。

雷振天坐了下来，身子挺直，双手放在桌子下面。

刘处长眼睛看着学强和振天说：“我先给你安排在咱们局下属的一个酒店，现在正在筹建中，你到那儿去做一把手，好好干，这也是咱们局第一个实体，以后干大了你也算是三朝元老了。”

学强冲着振天浅浅地笑了笑，扬了扬肥硕的头，眉毛也向上扬着，伸出手指松散地点动着：“行，老同学，这地儿还真成，这年头赚钱才是硬头货，没钱啥也玩不转，这地儿机会多。”

振天满脸笑容地看着学强，用力点着头，连忙站起身弯下腰朝着刘处的方向：“谢谢刘处长，谢谢刘处长，我会努力工作的，一定干出点成绩来！”

学强伸手拍拍振天，用力按了按振天的背：“你这是干啥呀？老同学，整的跟刚过门的小媳妇似的！快坐下。咱哥们儿在一起哪有啥大小！肩膀齐为弟兄，别整社会那套。同学的感情最亲，你要不是我同学，当初我要不是那么仰望你哪能有今天。”学强白胖的脸上那张嘴大大地张开着，脸上布满了笑容。

振天随着学强的手力慢慢地坐下。

“别那么拘束，这一家人以后就别整两家的事。”刘处长边举杯边说：“管理上你就别担心效益好不好，咱这只要是本单位人来，全免单，重要的是围拢人，账都记在承包金里。”振天手举酒杯红着脸点着头。

“来，老同学，别只顾喝酒干拉儿啊，该吃菜得吃菜，别假假咕咕的，今天你就敞开儿喝、可劲儿造。我就爱吃这道生吃黑鱼片，这样吃才能吃出文化来。”学强边说边往嘴里送了一片黑鱼片津津有味地嚼着，又拿出筷子夹了一片黑鱼片蘸好调料放在了振天的碗里。

“谢谢，谢谢，我自己来，我自己来。”振天站起身，边点头边拿起小碟接了过来。振天看着黑鱼片盘子底下的冰，基围虾泡在酒里好像喝醉了似的乱蹦着，几只碗口大的阳澄湖大闸蟹在竹篮子里不时从缝隙中伸出钳子……振天的一只手一直没有离开过自己的酒杯，另一只手也一直没有离开过酒瓶，忙着给学强和刘处长倒着酒。

泳装表演已经结束，开始了歌手演唱。一个二十几岁的小伙子上台表演，一边唱着歌曲《咱当兵的人》，一边跳着霹雳舞。振天呆呆地看着，从来没有见过唱这样的歌曲还能配上这样的表演。此时学强冲那个歌手高喊：“嘿，你给我唱个《小白杨》。”说着，就把一百元的钞票撇了过去。歌手笑了，点着头。唱完《咱当兵的人》之后，又响起了《生日快乐》的歌曲。

学强一只手拿起酒杯摔在地上，另一只手掀翻了桌子，站起来大声叫骂着：“咋的，我不好使呀？”桌子上的东西散落一地，压过了音乐的声音。

此时，两个保安朝学强走了过来，学强一边用脚踩踏着刚刚落地的酒菜，一边嘴巴唧叽地咒骂着：“我姓郝，爱咋的咋的！别说急眼我抽你！”

刘处长站在一边冲着两个走过来的保安叫着：“你们眼睛长后脑勺上了？这是郝局长的儿子郝大公子。快把你们的老总给我叫出来！”

吧台后面的房门开处，一位中年男子快速跑了过来，哈着腰，伸出两只手握住了学强的手，满脸笑容地说道："原来是郝老弟呀，来了咋不吱一声？这可真是大水冲了龙王庙，一家人不认识一家人了。"

学强白了白眼睛没有说话。那男子回过头冲着两个保安大叫着："还杵在这儿愣啥神啊？那么没眼力见儿呢？赶紧收拾利整，把这桌菜按原样再重上一桌。"说着从兜里拿出一沓崭新的百元钞票塞进了学强的兜里。学强醉眼蒙眬地晃了晃头，努力睁了睁眼睛，趔歪着身子慢慢地坐了下来，一只手拄着椅子的扶手，另一只手懒散地放在扶手上，手很沉重地上下摆动着。

酒店老板弯下腰赔着笑脸："都是哥的错，这几天正忙着一些乱屁股事，也没时间往外走。老弟可千万别往心里去啊，下回再来，可得跟哥先吱一声，可不能总整微服私访。"随即挥挥手，冲着在台上正在唱歌的小伙子大声叫喊道："快，快，快，赶紧唱《小白杨》。"

振天和刘处长各自落座，郝学强与酒店老板简单地寒暄了几句。酒店老板离开了餐桌，这时歌曲《小白杨》的音乐慢慢响起。

23

艳秋病雷鸣持家做主妇

医院里，雷鸣坐在艳秋的床头，一双眼睛一直盯着艳秋的脸，脸上布满了笑容，一只手把艳秋的一只手臂握在手里，另一只手在手臂上轻轻地按摩着："看，有知觉了吧。要恢复也快，别着急，过几天就能坐起来，再过一段时间就能走。"

艳秋用无神的眼睛一眨不眨地看着雷鸣的脸，脸上表情呆滞。

雷鸣伏下身子，掀起艳秋的被子："看，我就说差不多要尿了吧，还真是！"雷鸣站起身，走到窗边拿下搭在暖气片上的棉垫，走回到艳秋的床边，将艳秋的身子轻轻地侧翻起来："看这大泼尿拉的，还冒气呢。"他抬眼看着艳秋的脸边笑边说，艳秋正用呆滞的眼睛看着雷鸣的脸。

"真成粑粑孩儿了。"雷鸣边说边抽出艳秋身体下面的棉垫，将新垫垫在了艳秋的身子底下，转身将尿湿的垫子晾在了暖气片上。

艳秋无神的眼睛一直死死地盯着雷鸣的身影，雷鸣收拾完一切，又回到艳秋床头边放的凳子上坐了下来："怕一会儿看不着我，我就转身跑了啊？”说着把手放在艳秋的脸上掐了一把。

艳秋依旧是面无表情，用呆滞的眼睛看着雷鸣的脸，轻轻说了句“妈的”。

雷鸣嘴张开边笑边说道：“这可咋整，啥也不会说，就会骂人。”

艳秋伸出左手一把抓住雷鸣刚刚掐她脸的手，死扣着紧紧抓住，嘴里连声骂着：“妈的、妈的、妈的。”脸上始终保持僵硬的表情，瞪着呆滞的眼睛。

雷鸣呵呵地笑着，快乐得像个孩子。脸上的笑容越发灿烂，好像得到了上天最大的恩赐。

艳秋的手和脚已经被针扎得高高肿起，时常头疼得用左手死死地抓着头发，嘴里不停地叫着：“让我死吧，快让我死吧。”

雷鸣看着艳秋，转过身流眼泪。

语蝶推门走了进来，走到雷鸣的身后。趴在雷鸣的耳边：“爸，妈都没事了，可不能总哭，快吃饭吧。”

雷鸣转过身子打开语蝶带来的饭盒，边问：“给你妈带饭没？大夫说她也能吃点了。”

“带了，爸。你吃你的，我喂妈吃。”语蝶打开保温饭盒，拿出食勺试着喂了一口大米粥，艳秋死劲地摇头。语蝶迷惑地看着艳秋的脸：“不吃？”

艳秋还是摇头。

“不饿？”语蝶不解地看着艳秋脸上的表情。

艳秋用呆滞的眼睛不错眼珠地看着语蝶的嘴。

“你让我吃？”语蝶又疑惑地问着。

艳秋嘴角轻轻地动了一下，眼皮轻轻地眨了一下：“嗯。”

语蝶看着艳秋流出了眼泪：“妈，你都七天没吃东西了！我吃过了，你快吃！”

艳秋紧皱着眉，依然用呆呆的眼神看着语蝶的嘴，头缓慢地左右摆动着。

语蝶把食勺放在自己的嘴里使劲地眨动着眼睛，大颗大颗的泪珠不停地往下掉着，喝了几口粥，再盛起一勺粥送到艳秋的嘴边，艳秋张开了嘴喝了一口。

雷鸣上街买来了拐杖，放在艳秋的床前。艳秋伸出左手拿起拐杖指着雷鸣，雷鸣站了起来，艳秋将拐杖左右变换地指动着，雷鸣也配合着艳秋左右指动的方向不停地将身子调整着方向，时而腰板挺直，面部永远带着笑容。偶尔雷鸣还会打个军礼，嘴里高声说：“是！”一副坚决完成任务的样子，快乐地来回走动。

艳秋将拐杖放在床头，呆呆地看着语蝶的脸，又转过头看了看雷鸣的脸。

雷鸣将脸贴近艳秋的脸，看着艳秋的眼睛：“想坐起来是不？”

艳秋“呵”了一声：“妈的。”

艳秋被雷鸣和语蝶扶了起来，语蝶抱着艳秋的肩，用力地将艳秋扶直，雷鸣就倚在艳秋的身后让她靠着。

二十一天过去了，医生说可以出院了。

艳秋将拐杖放在被子上，使劲抓着身底下的褥子，眉头锁在一起，大声叫骂着：“妈的，妈的，妈的……”

雷鸣手里攥着一棵白菜急匆匆地跑进屋里：“咋的了？老伴，又尿床了？”雷鸣把脸贴近艳秋的脸，和艳秋四目相对。

艳秋用力把身上的被子往下拉着，眉头紧锁，嘴里仍不断叫骂着：“妈的，妈的……”

雷鸣把菜放在炕边，掀起盖在艳秋身上的被子：“又骂俺，你拉一被子粑粑还有理了？谁让你在粑粑窝里待着的？还不是你自己拉的！”雷鸣边说边笑着拿纸给艳秋擦着屁股。

艳秋拿起拐杖咧嘴笑着。

擦完后，雷鸣又迅速地转过身去厨房打了一盆水放在炕边，脱下了鞋子上炕。在离艳秋不远的地方把从被格上新拿下来的褥子铺好，边铺边笑：“哎，这人哪，还真是欠下的早晚得还，这要是搁以前孩子小的时候，哪有一堆屎咱还不得骂死你啊。这下好了，报应不是。当初天天骂你，现在你不骂俺不说话，要说这啥事儿可千万别图自己得劲。”转身拿起盆里的手巾一边擦着艳秋的屁股一边笑着说：“得了，咱是服了你了。来吧，老伴。”说着抱起艳秋放在干净的褥子上。

艳秋的手里一直拿着拐杖，嘴里轻轻地骂着：“妈的，妈的。”声音细腻、温柔。艳秋的眼睛慢慢地眨动了两下，脸上布满了笑容。

雷鸣笑着看着艳秋：“就知道骂，这下可好了，油、盐、酱、醋不用你教我全认识了。买菜、做饭、换尿布，样样通。”

艳秋又举起手里的拐杖，腰板挺直，继续用呆滞的眼神看着雷鸣的眼睛大骂道：“妈的。”

就这样，在一声声的“妈的”中，艳秋在雷鸣的照顾下逐步恢复起来，两个人的关系也比以往更和睦有趣。

24

新年初一上山为母祈福

“爸，饺子好了，快给妈穿上点，让妈坐起来吃，这年夜饭的饺子必须得吃，咱图个好兆头。”语蝶把刚刚擦好的炕桌放在了炕上，把放在地桌上的饺子端了过来，解下围裙脱鞋上炕，来到艳秋的身边，一口一口地亲着艳秋，艳秋也“呵呵”地笑着。

“听人家说大年初一的早晨去拜佛会很灵的，等咱们吃完饭我就上山去。”语蝶一边给艳秋拿衣服一边说。

雷鸣一脸疑惑地问道：“这么晚了你上啥山啊？要去也得等天亮再走。”

“没事，又不是我一个人去，有好多人呢，我都定完了，跟团走。车就在咱家这条马路的边上等我，那天不是和你说了吗？老爸这是啥记性啊？”语蝶“呵呵”地笑着，看着雷鸣的脸说。

此时，雷鸣和语蝶已经将艳秋的外套套在了她的棉袄上，把艳秋慢慢地扶了起来，将事先套好的衣服给她穿上。语蝶拉着艳秋向后，雷鸣拖着艳秋的屁股将艳秋的后背靠在墙上，两个人一边一个紧贴着艳秋坐了下来。

艳秋的牙齿咬得两个人都能感觉到她的身子一直在颤抖。

她的头向后靠着，脖子依然无力地撑起头，伸出左手拿了一个饺子，慢慢地放在嘴里：“妈的，妈的。”

雷鸣看了一眼艳秋，缓缓地将头低下，大颗的眼泪一滴滴地流了下来。“愿意去就去吧，回头爸送你到车上。”雷鸣哽咽着，低着头对语蝶说。

艳秋吃完了嘴里的饺子，皱着眉头拍了拍炕。

雷鸣和语蝶轻轻地把艳秋放躺在了炕上。

山脚下，还不到初一早上的三点，已经聚集了很多人，人们拿着高香，手捧鲜花，顺着灯火明亮的小路往山上走着。

语蝶空着手来到山脚下，眼望高山内心祈祷着：“佛啊，我不知道该怎么做了，怎样才能让妈好呢？我啥也没有，只知道我有一颗真心。妈病了，大夫说妈生活怕是不能自理了，我想妈能自理，哪怕把我的生命给妈，只要妈能自理，心情快乐地活着，然后再死去。哪怕妈的所有病痛让我来承受，我还年轻，我能接受。”语蝶的眼里充满了泪水，“扑通”一声跪了下来，一步一叩头，爬着往山上走。

一部分泪水直接被风刮起，另一部分和着冬日里刺骨的寒风刻在了脸上。她边走边擦脸，被泪水划过的脸上起了一层层青紫色的疙瘩。她在心里不断地重复着：“佛呀，请你告诉我，我该怎样做？保佑妈吧！”

山间的小路上一位六十岁左右面带笑容的女人在语蝶的身边停了下来：“孩子啊，你这是给谁祈福啊？”

跪在台阶上的语蝶抬起头转向那女人，站起身，哭泣着回答："给妈！"又跪在石阶上继续磕着头。

"赞叹！佛就在你心里。"女人弯下腰念了一句"阿弥陀佛"，双手合掌放在胸前。

语蝶满脸泪水地抬起头，用困顿、哀求的目光看着眼前的女人："阿姨，我第一次上山，只是听人说今天来，佛会很灵。我没烧高香，也没有钱，佛会保佑我吗？"

那女人轻轻地点着头："在佛的眼里没有穷富，就如镜子，不会因为你有钱、长得漂亮镜子就生贪爱之心。佛只看你用的是哪一颗心，不着这个相的。"那女人打开了身上的背包，从背包里拿出了一本《金刚经》，双手递到语蝶的面前："结个缘。"

"嗯，嗯，谢谢阿姨，谢谢阿姨。"语蝶站起身弯下腰双手接过书，装在了背包里。

那女人满脸笑容地将双手再一次合在胸前，低下头弯腰念了一句"阿弥陀佛"，慢慢地往山上走去。

望着那女人的背影，语蝶把手也合在了胸前："阿弥陀佛、阿弥陀佛、阿弥陀佛……"

语蝶跪到了地藏殿，冷清的殿前只有稀稀落落的几个人匆匆在殿门前双手合掌转身离去，几根细小的香火在门前的香炉里燃烧着。语蝶翻出兜里的钱，请了三根细香，在地藏殿前点燃，走到殿里，面向地藏菩萨像，虔诚地双手合掌在胸前，慢慢地跪下，心里默默叨念着："大慈大悲的菩萨，要是您真的有灵，求您保佑我可怜的妈吧，我愿意用我的生命来换妈妈生活自理，让妈妈享受一下幸福的感觉吧，哪怕我和妈妈一起去死。”语蝶抬起头，一脸泪水地抽泣着。透过模糊的视线，语蝶似乎看到了地藏菩萨在对着她笑，那笑容很慈祥很慈祥，语蝶有了一种找到了依靠的感觉。她用膝盖一点点地走近地藏菩萨像前，伸出冻僵的手摸了摸菩萨的手，看着地藏菩萨像的脸，把头靠在地藏菩萨像的腿下……

回到家里，见驹治和雷鸣、艳秋正在一起吃饭，语蝶对驹治笑笑：“你怎么来了？今天是大年初一，咋不在家待着？”

“是我妈让我来的，说初二的时候你家人就都回来了，也用不着我，让我今天来帮着干点啥。”驹治笑着说。

“我还没给阿姨拜年呢，这段时间麻烦你太多了。”

“没啥不好意思的，客气啥啊。”

“姨和姨父还这样想着咱家，真不好意思。”

驹治放在桌子下面的手一直在不停地相互搓弄着，抬头看了语蝶一眼，正好与语蝶的眼睛相对，马上躲开语蝶的眼睛看着雷鸣，又转过脸似看非看地面对着语蝶：“你也累了吧，昨天晚上就出去了，咋不和我说一声，我俩一起去多好。”说完又把脸转向雷鸣。

雷鸣看看驹治又看看语蝶：“一夜没睡，一定累了，快坐下背背风，吃口饭。驹治一早起就来了，还带来了这么多东西。”雷鸣用手指着放在箱子上的大大小小几个食品袋子：“你哥说今天忙，要去他们单位领导那里，你姐说明天回来。还好有驹治，要不就只有俺和你妈俩人。”说着站起身来，流出了眼泪：“快，和驹治好好说说话，俺去看看炉子上做的水烧开没。”

语蝶坐到驹治的身旁："真对不起，从我妈有病就一直拖累你。"

"没事，累啥啊，我稀罕这样。"说着他低下了头，小红脸好像更红了。

"欠你的钱先别急啊，等我妈好了，我知道家里的钱放哪儿就马上还你。明天哥和姐也来，我再和他们商量商量。"

"别老提钱的事，应个急不算啥。谁赶上算谁的，这也是我的福报。"驹治慢条斯理地说。

语蝶看着驹治的眼睛，驹治一会儿看语蝶，一会儿转头看看厨房的方向。语蝶一直看着驹治，好久，慢慢地低下了头："那也得还，不是咱们的，咱们不要。"

雷鸣把烧开的水灌进水壶后走了进来，坐在语蝶的身边，拿起桌子上的酒杯，慢慢地喝了一口，低下头，眼角处一颗泪珠慢慢地流了下来。

语蝶没有转过头看雷鸣，只是用眼睛的余光看到了雷鸣正在流着眼泪。

语蝶站起身，眼睛看着桌子："我真有点太困了，想去趴会儿，等你们吃完叫我收拾行不？"

"你先快回屋趴会儿吧，我和姨父说会儿话。"驹治抬头看了看语蝶，满脸笑容地说。

雷鸣没抬头，继续在旁边流着眼泪，点了点头。

"嗯，那我先进屋趴会儿了啊。"语蝶站起身离开了座位，径直奔屋里走去。

25

凌蝶带荣轩回家过新年

语蝶躺在床上，恍惚中，自己在一个巨人的肚子里不停地奔跑着。巨人的肚子随着呼吸上下颠动，语蝶随着颠动不断地跌倒爬起。耳边不时传来巨人错落有序的呼吸声，每一次呼吸声都会使语蝶死死地捂住耳朵、眨动着眼睛、浑身颤抖，语蝶大叫着，却发不出声音。身体在一圈圈转动，头四处摆动着，寻找着可以躲避的地方，清楚地知道可以躲的地方是巨人的胃、巨人的心脏。她不敢跑过去，又清楚地知道自己一直在沿着巨人的肠子跑，而且永远也跑不出去，又不知道应该停在哪里。

突然间，语蝶翻滚起来，头朝下的语蝶努力地矫正着自己，想办法让自己正过来，但无论怎样挣扎，她只能倒置在那里。耳边巨人呼吸的声音越来越大，语蝶的手一直放在巨人肠子上支撑着自己的身子，已经无法用手去捂住耳朵，咬着牙使劲闭上眼睛，任凭那声音不间断地注入。良久，语蝶感觉自己昏了过去，趴在上山的小路上，那个在山间的路上遇到的女人就站在自己的身边，在一个小水池旁边用一根棍子不断地搅着那池里的水。

池里的水很浑，可以清楚地看到上面浮着的草棍。一浪接着一浪的波动使水池下的尘土一层层地向上翻滚着，水越来越浑浊，越来越少。语蝶盯着那个女人，慢慢地站起身拿过那女人手里正在搅动的棍子，似乎在和女人说："你把棍子停下来水就不会少，灰尘就会慢慢沉淀，这不就是你和我说的镜子吗？"女人笑了，语蝶醒了过来。

躺在床上的语蝶，翻转着身子回想着自己的梦境。语蝶将手伸了上去，努力将自己的身子完全展开、放平，闭紧嘴巴把牙齿咬紧，用力地将四肢伸向各自的朝向，又张开了嘴巴打了一个大大的哈欠。

突然间想起这是正月的头一天，驹治还在家里，睡觉前桌子还摆在那里，说好自己去收拾的，她赶紧穿好衣服从房间走了出来。

雷鸣趴在炕上睡着，艳秋睁开了眼睛，手放在被子的外面，正用那只好手扳动着不会动的手，边扳边皱着眉头。

语蝶走了过去，将身子俯下去，用脸贴了贴艳秋的脸。艳秋呆呆地看了看语蝶，依旧扳动着自己的手指。

雷鸣翻了一个身，转过头看见了语蝶："睡醒了？还累不？这觉睡得可真大，一夜不睡得捞几天才能把觉补上。"

"爸，驹治呢？"语蝶着急地问道。

"你看看都啥时候了，这都初二了，人家不回家睡觉啊？"

语蝶愣愣地想了半天才说："啊，我一个梦，做了这么长时间啊？"

雷鸣自顾自地穿着衣服，没有理会语蝶："说啥也没让俺动，驹治自己收拾的，见你也睡得香，也没打扰你，就走了。这孩子可真是个好孩子，咱们雷家是欠人家的，你可得好好待人家。"

"啊，爸，我知道，你放心吧。"

"一会儿你姐和你哥就来了，咱俩准备点啥呢？"

"冰箱里有驹治送来的东西，都是现成的，再炒点毛菜就行了。"语蝶边说边拿起围裙系在了腰上，卷起了衣袖。

"嗯，驹治这孩子也真有心，怕咱家过年东西准备得不全，早早地就送来。那家人也好，吃一百个豆也不嫌腥。哎，一直就这么不声不响地帮着咱们。"雷鸣一边翻着冰箱，一边擦着刚刚流出的眼泪，把冰箱里驹治拿来的东西一一摆在了桌子上。"快看看还用做点啥菜不？"他哽咽地说着。

"等他们来的时候再说吧！你在屋里待着陪妈，我先瞅瞅能够几个菜？"语蝶翻看着雷鸣刚从冰箱里拿出来的东西，转身去了厨房。

凌蝶和荣轩走进了家门。

语蝶见姐姐和姐夫来了，赶忙走出来拜年："姐，姐夫，过年好！"回过头冲着屋里喊着："爸，姐姐、姐夫来了。"边说边走进厨房。

雷鸣站起身往门外走，荣轩和凌蝶已经走进了屋门。

荣轩、凌蝶两个人连忙弯腰行礼："爸，过年好。"

雷鸣笑着看了一眼荣轩，转过头看着凌蝶说："快，让荣轩坐下。炕头可暖和了！”说话间雷鸣已经到了炕头，伸手指着炕头，示意荣轩上炕坐。

“不用管他，爸。他还不知道找地坐下啊。”凌蝶边脱棉袄边说。

荣轩坐在屋里的椅子上，雷鸣拿来烟盒递到荣轩面前：“来，卷一袋。外面冷，先上炕坐会儿，暖和了再下来。快来！”雷鸣另一只手朝着荣轩摆着。

荣轩接过烟盒，转身又坐在椅子上：“嗯，爸。行，没事。”默不作声地卷起烟来。

凌蝶来到艳秋的床前，伸手拿下了挂在墙上的梳子，轻轻地给艳秋梳理着头发，嘴里叨唠着：“妈，快快好吧！我好带着你上街，给你买几件好看点的衣服，让你穿得漂亮点。一辈子也舍不得穿一件新衣服，总是捡别人剩下的。这辈子咋过得这么憋屈？”边说边流着眼泪，坐在身旁的雷鸣听到凌蝶的话，也跟着流出了眼泪。

26

家人相聚新年不欢而散

语蝶在厨房里叫："姐，你快来看看做点啥呢？"说话间，语蝶已经从厨房走进了屋里，来到凌蝶身边拉着凌蝶的手。

凌蝶放下手中的梳子："还跟小时候一样，一有事就找这个不中用的姐。"凌蝶嗔怪地看着语蝶，边说边跟在语蝶的身后走进了厨房。

语蝶把厨房里的菜一边指给凌蝶看一边和凌蝶说："姐，可别老说那些话了，咱爸现在可不像以前了，特敏感。说哭就哭，大过年的可别让他再哭了，咱说点乐呵的话啊。"

"不是我不说乐呵的话，我一见到妈现在的样子就心疼。好好的人说不能动就不能动了，干了一辈子活儿，这下可好，连地都下不了了。妈的心里指不定多难受呢。哪年过年妈都早早地就准备好东西，咱家院里那口大缸里哪年不是满满的，哪次我来的时候妈都拉扯着我的手去看，告诉我东西全着呢，让我别买东西，别乱花钱。从小到大妈都舍不得打咱们一下，说不好听的都像是妈在求咱们似的。穿，可着咱们，只拣咱们的旧衣服穿；吃，可着咱们，只吃咱们剩下的东西。从来也不会骂人，现在可好，除了骂人，啥也不会了，这是得的啥病啊？是不是前半生没骂过人都给找回来了？”凌蝶一边配合着语蝶打理菜，一边用手不停地抹着眼角的泪水，一脸沮丧地说着。

“嗯，咱家现在啥都变了。不光妈变，爸也变得像个小媳妇，我倒想回到爸性格硬朗说骂就骂我的时候。”语蝶擦着刚刚流出的眼泪，又伸手擦了擦凌蝶脸上的泪水。

小院里传来小情的叫喊声：“爷，过年好！大宝子来了。”

振天带着小婉和小情走了进来。

“爷爷给宝宝准备好压岁钱没？”小情边往屋跑边拍动着小手，“呵呵”地笑着。

听到小情的声音，雷鸣急匆匆地从屋里走了出来。眼睛盯着跑过来的小情，一脸的笑容伸开了双手。

振天和小婉也行礼道：“爸，过年好。”

“好，好，好。”雷鸣的眼睛在振天和小婉身上扫了一眼，迅速地找寻着小情的身影。

小情张开手臂直奔雷鸣的怀里跑了过去，雷鸣伏下身子快速地抱起小情转身就往屋走，边走边亲着小情的脸。小情用手不断推着雷鸣，嘴里叫着：“爷爷的胡子像刺，扎得宝脸疼。”边说边嘟起了小嘴，眼睛快速地眨着。

雷鸣张开了嘴，掩饰不住满脸的笑容：“那让爷爷咬吧，用嘴唇咬，轻轻地，这回不让胡子碰着宝宝。”

小情挣扎着：“爷爷是假老虎，爷爷是没牙的假老虎。我才不怕呢！”小情边说边把两腮吹得膨膨的，把脸贴近了雷鸣的嘴上。

雷鸣轻轻地亲了一口，闭了下眼睛，把小情的头紧贴在自己的胸前。

小情在雷鸣的怀里用力地眨着眼睛，突然抬起头看着雷鸣：“过年了，宝宝穿新衣服了，宝宝好看不？”边说边用小手拽着身上穿的衣服。

雷鸣看了看小情身上的衣服笑着说：“爷的宝宝啥时候都好看，哪有不好看的时候？”又张大了嘴贴近小情的脸，用力地亲了一口。

雷鸣再一次张大嘴做就要亲吻状，小情迅速地伸手推雷鸣，两个人边亲边笑着。

突然，小情脖子向上用力地抬了抬，伸出手来：“这么美的宝宝爷给钱不？”说着把小手又伸到了雷鸣的面前。

“爷给，宝宝要多少？”雷鸣一脸郑重地看着小情。

小情拍着小手大叫着：“要大票！”回过头看了一眼小婉。

小婉正笑着看着小情。

雷鸣亲了一下小情的脸：“爷先带宝宝去拿好东西吃，一会儿给找大票。”

小情把手放在眼睛上，语调带着哭音说：“不，现在就要！宝宝现在就要！”

雷鸣赶紧回应着：“好、好、好，爷现在就给！”抱着小情，来到里屋，一只手伸手打开炕柜，拿出了一个蓝色的小布包，从里面翻出来一个红色的小纸包，眯缝着眼睛满脸笑容地把小红包慢慢地放在了小情的手里：“爷爷早就给宝宝准备好了压岁钱，宝宝的钱是不能少的。”雷鸣把脸轻轻地贴在小情的脸上。

艳秋在炕上也一直盯着小情，嘴微微张开，一脸的笑容。

小情也回过头看着艳秋的脸笑着。

“给宝宝钱。”雷鸣笑容满面地说。

小情转过头看到了雷鸣手里的小红包，快速地伸手抢了过来，在雷鸣的怀里使劲地转动着身体，用那只没有拿红包的小手推开雷鸣的脸。大张着小嘴：“我要下去，放我下去嘛，我要找妈妈。”

雷鸣不情愿地放下小情，看着小情跑过去找小婉。

小情跑着来到小婉的跟前，举着手里的小红包兴奋地叫着：“妈，给你钱，看看是不是大票？”

小婉满脸笑容地一只手接过纸包捏了捏，另一只手摸了摸小情的脸，蹲下身与小情脸对着脸拆着小红包：“咱看看是不是大票啊。”

小情不断地抬起小腿，手扶在小婉的肩膀上蹦着。

“别按着我，多沉啊。自己先老实待会儿！”小婉抬手推开小情按在肩膀上的手。

小情嘟起了小嘴“哼”了一声。

小婉打开包，拿出来一张百元钱，用手捻了一下，慢慢地放在了自己的兜里，看着小情的脸说：“是大票，快去谢谢爷爷奶奶。”

凌蝶急匆匆地从厨房里走进屋来，看着小婉说："嫂子，家里现在没啥钱，爸不开资，妈还有病，今年就别要我爸那份压岁钱了。"

小婉刚刚还略带笑容的脸似乎一下子僵住了："我啥时候要你们家的钱了？这是过年了爸给小情的。咋就成了我要你家的钱了？"

凌蝶刚刚还略带笑容的脸，瞬间僵硬起来，眼睛狠狠地瞪着小婉，语气加重："小情才五岁，她还小，她现在还不知道家里到底是发生了啥事。你都这么大的岁数了，也不嫌寒碜，这点事也不懂？"边说边走回了厨房。

"一年到头儿就给这一回，我和振天不管遇到啥情况从来没和你们家里张过嘴，我还不懂事了？"小婉环顾着屋里的人说着，眼神所到之处没有目光与她相对："就这么点钱你犯得着和我吹胡子瞪眼吗？你是不是没孩子，要不着钱你眼气呀？"小婉又将眼神转向厨房的方向。

"大过年的，四六不懂，七三八四的啥都会说，就不会说一句人话！就是个畜生！"凌蝶走进屋里嘴里骂着，眼神似乎在找寻着什么东西的样子。

语蝶从厨房里走进了屋里，嘴里不停地说："姐，快点和我做饭去，一会儿饭都煳了！"一边拉着凌蝶，一边朝振天使劲挤着眼睛，示意振天赶紧拉小婉出去。

振天装作没看到语蝶的示意，静静地站在原地。

站在振天身边一直小声劝振天的荣轩拉了一下振天的手：

"先带嫂子出去待一会儿吧。"迅速地转过身子伸手拉凌蝶进厨房，凌蝶用力甩着荣轩的手。

无论凌蝶怎样甩荣轩的手，荣轩始终也没有和凌蝶的手分开，将凌蝶拉进了屋里。

振天走过去拉了拉小婉，一脸严肃地说："得了，你就别彪劲儿了，咱家现在是缺钱，也不差爸这一百块吧？你就把钱还给爸不行吗？"

"给孩子过年钱，和你俩有啥关系？"雷鸣坐在炕里轻轻地说着，将头放在了枕头上。

"咋了，就我一个人不是好东西？我咋就在你家那么不得烟儿抽？你们全家人都合起伙儿来欺负我？"小婉用手环指了一圈屋里的人，指着自己的鼻子，又将脸转向厨房的方向吵着，声音越来越大："还欺负惯瘾儿了是不？今天咱就掰扯掰扯，这一阵子你换工作，上礼花了多少钱？我跟你家要没，提不提，念不念？那可都是我管娘家要的！"小婉的手指着振天的脸。

振天表情木讷地站在小婉对面。

"我知道你家现在情况不好，你妈有病，我没上医院护理啊？我还少去了咋的？该干的事我都干了，我带个孩子谁帮我了，这里里外外的哪样我不得守到？你还让我咋的吧？"小婉抬起手捶打着振天的胸口："到你家过回年，给孩子钱非说是我要了！这不也是让孩子乐和乐和嘛！一年到头了……"小婉的眼泪流了出来。

振天依然木讷地站在那里。

“还闹个咱家合伙欺负你了，你少装孙子，小情不是妈带大的啊？良心都让狼掏了，就是给脸不要脸作惯瘾儿了。大过年的你爱待不待，不待赶紧滚！整这么大动静像怕别人家听不着似的，你跟可院子喊有啥区别，真丢不起人。”凌蝶在厨房里数落着。

小婉边擦眼泪边继续骂着：“整个小姑子也不断溜儿地找我茬。这是个啥人家啊？没有功劳我还有苦劳吧。没有我，你能有现在的工作吗？”小婉依然看着振天数落着。

振天一脸沉重地离开小婉来到了艳秋床前，伸手摸了摸艳秋的脸，嘴里叨咕着：“妈，别着急！儿子快好了，等儿子真行的时候这点钱不算啥！”转身走了出去。

小婉使劲拉了一下一直在旁边哭泣的小情，也跟在振天的后面离开了雷鸣的家。

27

艳秋恢复记忆雷鸣欢喜

凌蝶和荣轩简单吃过饭后，也离开了雷鸣的家里。

雷鸣和语蝶一起收拾着桌子："哎，今天也没敢说你妈看病钱的事，看来驹治的钱还是还不上。"雷鸣小声地嘀咕着。

"爸，今天也不能说啊，咱家的事咱就自己想办法吧。"语蝶一副信心满满的样子，歪着头，看着雷鸣的脸说。

"哎，驹治家拿的不光是钱，咱是差人家情啊。对了，昨天你睡的时候驹治和我说他家人都挺稀罕你，要是你也没啥意见的话，他想和咱们一起照顾你妈。"

这时躺在炕上的艳秋拿起了拐杖指着雷鸣的脸："妈的，妈的，妈的……"雷鸣赶紧走到艳秋的床前问道："咋了，这是又有啥吩咐？"一脸笑容地看着艳秋的脸。

艳秋凝神看着语蝶，拐杖冲着雷鸣的脸向旁边摆动着，示意让他躲开。

雷鸣向后看了看，目光落在了语蝶身上，将身子撤到了一边。

语蝶连忙走到艳秋的床前问："妈，你叫我啊。咋的了？"

语蝶指着自己的鼻子，愣愣地看着艳秋的脸。

艳秋望着语蝶，不知是摇头还是点头，晃动着脑袋，眼泪从目光呆滞的眼睛里流到满是皱纹的脸颊上。

语蝶一把抓住艳秋的肩膀，瞪大了眼睛盯着艳秋的脸："妈，你能听懂咱们说的话？你还想得起来得病之前的事不？都想起啥来了？妈！"

艳秋点了一下头。

语蝶不太相信地继续问道："今天大家说的话，你也都听懂了？"

艳秋又点了点头。

语蝶惊喜地说："妈，妈，你再试试右手会不会动？"

艳秋动了动右手，五个手指微微地往掌心扣了扣。

语蝶哭泣着大叫："爸，妈能听懂咱们都说的啥，妈能记着得病之前的事，手也会动了，妈要好了！"

雷鸣伸手轻轻地抚摸了一下语蝶的头，俯下身子和艳秋面对着面仔细地审视着艳秋的脸。

语蝶看着艳秋："妈，驹治挺好的，我还真不烦他，挺招人稀罕的，嫁他，不委屈！"语蝶迅速地脱下鞋，掀开艳秋的被子，钻进了艳秋的被窝里。

艳秋张着嘴"呵呵"地笑着。

语蝶和艳秋脸对着脸："妈，你还记着你糊涂的时候不爱穿衣服总想光着不？"

艳秋愣愣地看着语蝶。

语蝶“呵呵”地笑着：“真的，你不记着了？”

艳秋红着脸咧着嘴看着雷鸣。

雷鸣笑着说：“看啥啊？真的，这个小老太太。真砢碜！”雷鸣脑袋歪着，斜着眼睛看着艳秋，低了下头，瞪大了眼睛，满脸笑容地说道。

艳秋看着雷鸣：“妈的。”

雷鸣“呵呵”地笑了，坐在炕边拿上烟盒卷起了烟，时不时地看着两个人。

艳秋伸出手不断梳理着语蝶挡在脸上的头发。

语蝶继续说着：“妈呀，咱好好的。这病不算啥，过一段时间你就能自己起来了，再过阵子就能站起来扶墙走，小孩都能学走路，咱还不如小孩啊？”

艳秋看着语蝶鼓起了嘴，用力地点着头。

“等你能溜达了，我和爸带你到北京玩玩，你不是想去北京吗？咱们一起去看升国旗，还带你去看你最喜欢的小猴子。”语蝶边用手比画着边说。

艳秋“呵呵”地笑出声来。

雷鸣一边抽着烟一边咧着嘴笑着看着艳秋：“能不能走就看她自己喽，君子无能怪自修，自己修行不够，谁也帮不上你。”

艳秋看着雷鸣的脸又重重地骂了句：“妈的，妈的。”眼睛瞪着雷鸣的脸，转过脸一脸笑容地看着语蝶。

语蝶也“呵呵”地笑了，看着雷鸣：“妈是不相信她能好起来和咱们一起去北京，还是笑我疯啊？”

“你妈也是让你吓着了，合计咋还能养活这么一个疯子闺女带一个瘸子妈瞎逛呢？”雷鸣看着语蝶“呵呵”地笑着。

语蝶亲了亲艳秋的脸，看了看雷鸣的脸：“我回屋了，懒得理你俩，你俩都不学无术。”“呵呵”地笑着，晃着脑袋回到了自己的房间。

28

语蝶馨雯各自接受命运

冬日里的天空黑得很早，还不到晚上五点，天空已经完全笼罩在黑幕中。

办公室里语蝶和馨雯相视而坐，下班的铃声响起。语蝶放下了手里的笔，抬起头看着馨雯，馨雯躲开语蝶的眼睛看着窗外，一只手托着脸颊，另一只手不停地转动着手里的笔。语蝶蹑手蹑脚地走到馨雯身边，趴在馨雯的耳边“喵、喵”地叫了两声。馨雯转过头淡淡地笑了：“咋了，这段时间忙得没找你，你又出啥问题了？思想家，伟大的梦想主义者。”

“嗨！语蝶。”馨雯好似从梦中刚刚惊醒，“对，下班了。”馨雯开始收拾东西：“对了，你不回屋收拾一下啊。”

“没啥收拾的，不回去了，等你收拾完咱俩一起走就成。”

“哦，你和驹治咋样了？”馨雯边收拾着桌子边和语蝶答着话。

“我想不出用什么语言来形容我和驹治的关系，似乎除了感激没有太多的东西。”语蝶脸上没有一丝表情地看了看馨雯，随即又微笑地看着馨雯问道：“还是别说我了，梦想家，说说你吧，你到底和健昌咋样了？”

“啥啊？咋样了？”馨雯红着脸反问道，眼睛躲避着语蝶的目光。

“可别装了，快点招得了。”语蝶“呵呵”地笑着。

“没。”馨雯用上牙咬了咬下嘴唇说道。

语蝶走过来，把一只胳膊放在馨雯的肩膀上，另一只手伸出食指按着馨雯的鼻子：“得了，差不多就成了，要是真有一个值得你动心的男孩儿就试着谈谈吧，我可记着你给我讲小白兔那时候一脸的幸福呢。别是猎人又把故事讲给猫听了？还是小白兔不稀罕猎人改稀罕大灰狼了？”

馨雯将语蝶放在自己眼前的手拿了下来，盯着语蝶问道：“你知道刘姐和她爱人的事不？”

“啥事啊？没听刘姐说过。”

“她劝我，别跟一个身体有病的人搞对象。后天得的没办法了，知道有病还跟，不是傻子吗？”馨雯一脸严肃地说道。

“啊？！咋的了，没头没脑的。”

“你知道刘姐为啥来咱厂不？她说她要忘记不想留住的东西。她爱人在他们的孩子还没到一岁的时候心脏病死了，她一个人带着孩子一直到现在。她说她当初和爱人也是自由恋爱，两人感情好，她爱人每天下班回家都给刘姐扒好多瓜子仁儿放在小碗里，等刘姐回去的时候拿出来，一粒一粒地喂给她吃。好日子没过多长时间，他们孩子才一岁的时候，她爱人就得了心梗，啥话也没说就走了。”馨雯的眼泪流了出来，“直到现在说起这事刘姐还边说边哭，她当时感觉天都要塌了，整个世界都一下子没有了。抱着爱人的尸体，她说她恨死她爱人了。狠狠地捶打着，她使劲地骂他怎么就那么狠，好日子才刚刚开始他就把她扔了，他不是人啊！她说他要是真的还想着我，咋能就这样说走就走呢？现在这都快十年了，看着孩子她就会想起他，每天上班看着他坐过的桌椅心里都不好受。刘姐告诉我，别做傻事，还没有嫁，有的是机会。不像后天得的没办法了，知道有病还跟不是傻子吗？别到时候扔个孩子自己带。”馨雯把头趴在桌子上，眼泪止不住地流着。

语蝶也流着眼泪看着馨雯：“你是说健昌病了？咋样啊，严重不？”

馨雯没有抬头，头在桌子上不停地晃动着。

“不知道到底咋回事，也不知道你咋想，我觉得刘姐值了。最起码曾经爱过！人活这一辈子最不了解的人就是自己，不知道自己到底要啥。要是姐夫真是刘姐要找的那个人，那她最起码幸福过了。有多少人一辈子也没有找到自己想要的那个人？”语蝶抬起头，擦了擦脸上的泪水，拍了拍馨雯的肩：“我不知道应该咋劝你，你不说的我也不想问，只想问你最想要的是啥！走，下班了，回家！”

病房里，馨雯靠在健昌宽厚的肩膀上，健昌一只手搂抱着馨雯的腰，一只手抚摸着馨雯的头发：“回去吧，我没事。其实我啥感觉也没有，要不是这次体检我还真不知道自己会有这样的病。”

馨雯慢慢地抬起头："人吃五谷杂粮哪有不得病的？检查出来不是更好？"

"我这个病和感冒可不一样，打小的时候，我妈的同学是个大夫，就说我心脏有杂音，跳动的声音和别人不一样。当时也没当回事，现在想想可能是当时心脏就有病。"健昌用手托起馨雯的脸，一脸严肃地对馨雯说。

"我问过大夫了，说是有一根神经乱走，走到心脏了，它就病了，其实你没病。"馨雯若有所思地把手放在腮上，"叫啥来着？对了！叫'迷走神经紊乱'！就是那根神经找不着道了，乱走。"馨雯把头重新埋进健昌的怀里"呵呵"地笑着。

"病了就是病了。你别要我了，咱们也没咋的，你再找一个好的吧。"

馨雯轻轻地推开健昌："你这也叫病啊？等那根神经不乱走了，不就好了吗？"她抬起手摸了摸健昌的头。

健昌拿下了馨雯的手："我说的是真的，你还是忘了我吧。"健昌流出了眼泪。

"不，你没有病！就是有病又能咋样？谁知道谁会哪一天走？也许出门前还好好的，晚上接到的消息却是意外死亡。幸福的日子过一天也是幸福，不幸的日子过一辈子又有啥用？"馨雯重新把头深深地埋在健昌的怀里，泪水流了出来。

"那我要是真死了呢？你咋办？"

馨雯迅速抬起头，把手指放在健昌的嘴唇上，一脸坚定地说："不会的，你是不会死的，咱们的日子会很长、很长，咱们会一起老，一起把牙齿掉光。”馨雯闭上眼睛，把头紧紧地靠在健昌的胸口上：“从你给我讲小白兔的故事开始我就爱上你了，我喜欢你给我的那种感觉，酸酸的。那时候我就知道了你是我要找的，你还傻傻的用买吉他来骗我。说你自己不会挑，还说你的表弟和你同学会和咱们一起去商场。到了才知道，你表弟和你那个同学根本就没来，就只有咱们两个。”

健昌红着脸笑着看着馨雯，用力地掐了一下馨雯的手臂。

馨雯“呵呵”地笑着继续说道：“我问你他们说话咋不算数呢，你说是刚刚接到的信儿，临时有事，他们都来不了，当时我真信了你说的话。我俩就一起去了商场，你说你看人家女孩儿都挽着男孩儿的手臂，你也试试。你以为我不知道你是在骗我？”馨雯抬起头看了看健昌。

健昌的脸依然红着，抿着嘴笑着看着馨雯。

馨雯把头又贴在健昌的胸口继续说着：“我知道，只是当时我不说，不挽着你就是了，看你咋的？”

“看出来了也不说，你更坏，整得我像个小丑似的，就这点小伎俩，都被你识破了。”健昌说着脸红红的，把馨雯紧紧地抱在了怀里。

29

凌蝶几经奔波确认怀孕

温暖的阳光下，沉睡了一个冬天的小草随着春雨的来临，也在雷鸣家的小院里渐渐地苏醒。

艳秋在凌蝶的陪护下像小孩子一样，在自家的院子里慢慢地挪动着脚步。

凌蝶挽着艳秋胳膊，满脸笑容地说："妈，你可真的好多了，眼神都没有那么呆了。我感觉你这辈子现在才是最幸福的，不光爸跟你说话小声小气，咱们谁也不敢跟你唱反调，不用说话一个眼神全家没电。"凌蝶的眉毛随着说话的表情不断地上下拉扯着。

艳秋也一脸幸福地笑着，弯着腰、转过头将拐杖拿起指向屋门："妈的，妈的。"

凌蝶扬起脖子"呵呵"地笑着："我爸说得可真对，这可真是欠下的早晚得还！"

艳秋的头转了过来，一脸的骄傲，用力地拉了一下凌蝶的胳膊，继续拄着拐杖走了起来。

"哎，妈呀，咱那钱还是不取出来好吧，要不咋能看出来驹治的为人？现在好了，也算是驹治通过考试，知道驹治是真心稀罕咱家语蝶，咱也愿意把语蝶嫁给他不是吗？！”凌蝶看着艳秋的眼睛，拉扯了一下艳秋胳膊上的衣服。

艳秋看着凌蝶摇了摇头，又点点头。

“再过一段时间咱再把利息先取出来，你和爸的日子也能过得不这么紧，到时咱就一年一取利息，爸不开资咱也不怕，这不和开资一样吗？等语蝶结婚的时候，咱还能给她点陪嫁，欠驹治的钱不算啥。妈，以后的日子咱就不愁了。这么大的风浪都过来了，接下来就该享福喽。”凌蝶满脸笑容信心满满地说。

艳秋听着凌蝶的话轻轻地点了点头，长出了一口气。

凌蝶把嘴贴近艳秋的耳朵：“妈，你说我这几天咋总恶心呢？身子也没劲，经期也不准，也不知道过了多长时间了，反正比平时过的日子多，会不会有啥事呀？”

艳秋愣愣地看着凌蝶的脸，眼睛一动不动了半晌。

“妈，你看我噶啥呀？怪吓人的！”

艳秋依然继续看着凌蝶的脸。

凌蝶笑着用手指在艳秋的眼前晃动着：“妈，你咋了？又傻了！”

艳秋的眼神依然呆呆地看着凌蝶的脸，用手在自己的肚子上，比画着自己的肚子慢慢长起的样子，点了点头。

凌蝶也愣愣地看着艳秋，理解着艳秋的手势，突然瞪大眼睛欣喜地说：“妈，你是说我有了？”

艳秋肯定地点了点头。

凌蝶冲着屋里大喊着：“爸，你出来看着妈，我有事要出去。”说着抓起了放在院内小凳上的衣服跑出了大门。

凌蝶拿着化验单愣愣地看着上面的符号，转过头充满疑惑地看着医生：“不可能啊，这么长时间了都没有孩子，咋能说有就有了呢？大夫，是不是你给整错了？”说话的声音越来越小。

“是有了，不可能错！不想要，平时就应该想点办法。”窗口内的大夫头也没抬地回答着。

凌蝶还是满腹疑虑地说：“麻烦你了，大夫，再给看看，不可能的，哪能说有就有呢？”医生盯着自己的显微镜，用责怪的口气说：“去找门诊大夫去，当我没说。这时候才知道自己错了？”大夫的头依然低着。

“我真的有了？真没错？”医生斜眼看了凌蝶一眼，没再回话。

凌蝶手里紧紧握着化验单，快步地跑到了门诊大夫的办公室再次确认。

医院门前，凌蝶拦下了一辆出租车，直奔另一家医院。

等待化验结果的凌蝶在医院的走廊里来回地踱着脚步，嘴里小声叨念着：“咋能说有就有呢？不可能啊？”脸上的表情一会儿充满笑容，一会儿忧愁满面。

此时，化验室里传出叫喊声：“雷凌蝶，你的化验结果出来了。”

凌蝶走过去，看出结果和上一个医院里化验单的符号是完全一样的。凌蝶使劲眨动着眼睛，手放在眼睛上用力揉了几下，将化验单贴近自己的脸。低下头趴在窗口，顺着那个小窗口大声地询问道："大夫，我是真有了吗？"

正在化验的医生被凌蝶突然的叫声吓得猛地抬起了头，狠狠地说："这么大声干啥啊？我能听见！是，是有了。这几天就得做，再大就得引产了。真是的！"

凌蝶将化验单高高地举过头顶，泪水大颗大颗地往下流着。挺起胸，眉毛上扬，大笑着对里面的医生说："我都快四十的人了，都结婚十多年了，一直就想要个孩子，可是这肚子就是不争气，我以为这一辈子我也不能当个妈了。现在我知道了，我有这个能耐，我能当个妈！谢谢大夫，谢谢大夫，是你给了我一个孩子！"

医生愣愣地看着窗外的凌蝶，摇了摇头笑了起来："和我有啥关系？是你要当妈了，回家好好保养自己的身体吧！注意别抻着、别累着、别生气、别上火，多吃些有营养的东西。"

凌蝶举着手说："嗯，嗯，我会按照你的吩咐全部做到！"

凌碟轻轻地用手托起了肚子，低下了头，好像那肚子里的孩子正在叫她妈妈，她也正在看着肚子里孩子的脸。凌蝶再次把头贴近窗口轻轻地说："谢谢大夫，谢谢大夫。"揣好了化验单，脸上洋溢着幸福的笑容，手捧着肚子慢慢走出了医院。

30

结婚前去监狱探视振宇

振宇坐在靠墙的床铺上，像过电影一样地回忆着。几年来和自己一起偷东西的那几个人都来看过自己，每个人也都安静地生活着。不管家里日子过得咋样，每个人都或多或少地给振宇送过钱，还有帮着打点的。进来后，他就“把大角”，还是个狱友中的小队长，偶尔还能出去干点活，吃点“小灶”，在这里也算是生活得可以。

想到此处，他长出了一口气，脸上不觉泛起一抹笑意，两只小眼睛似乎在往一起尽力地靠着。

此时传来狱警的声音：“雷振宇，你家来探视的了，出来接见。”

振宇四周环顾了一下，赶忙往外走，狱警推开门，振宇走了进去。

语蝶看着振宇连忙站起身：“二哥。”眼泪在眼圈里转动着，声音嘶哑。

“没事，别哭。二哥这不挺好吗？小家子气。”振宇笑着对语蝶说，声音中掺杂着颤抖的语调。

“嗯、嗯、嗯。”语蝶看着振宇的脸，眼泪流了出来，迅速地抬起手擦了擦脸上的泪水：“二哥没瘦，状态还行。”

“你二哥福大、命大、造化大，在哪儿都好使。”振宇“哼”了一声，淡淡地笑着接着问，“家里咋样了？妈好点没？”

“妈都能自己走道了，大家说啥她都能听懂，好像比以前还奸了。”语蝶“呵呵”地笑着，“想要啥不会说爸就翻译，翻译不对妈就骂他。”

振宇也笑了：“妈这病得的真有意思。”

“嗯，以前怕爸一辈子大气都不敢出，现在爸看着妈都不敢出大气。”语蝶“呵呵”地笑着。

“这可真是反了，真是反了！”振宇看着语蝶也“呵呵”笑着。

“嗯，家里现在变化真挺大的，大哥现在在单位出资的酒店当老总了，姐也快有小宝宝了。还有，我和驹治今年也要结婚了。”语蝶红着脸低下了头。

振宇忙问：“啥时候呀？小老妹都要嫁人了？”

语蝶慢慢地抬起了头，依然红着脸：“十月二十八号。”

振宇笑了：“好日子啊！也稀罕钱哪？‘爱发’，看来我这个小妹夫和我一样。还十月二十八？死了也要发！”振宇张着嘴哈哈地大笑着：“真是太稀罕钱了！有抱负！”

语蝶也笑了：“日子是他家选的，人家是搞工程的，爱咋选就咋选呗。”

“哎，也真是，没钱还真是啥也玩不转。谁不稀罕钱哪！”

振宇又猛地使劲握了一下拳头，长出了一口气，“等我出去，咱家的天就更晴了。”他猛地抬起头看着语蝶，“对了，爸咋样啊？身体好不好？是不是还像个小媳妇？”

“嗯，他现在还是一听啥他感觉不对的事就哭，倒是妈总骂他。妈说得最清楚的话还是‘妈的，老哭啥？’”

“妈的病得的也太格路了，这人可真没处看去！”振宇大笑着，两只小眼睛更加紧凑地尽力往一起贴着。

“是啊，妈现在像以前的爸，爸现在像以前的妈。”语蝶又“呵呵”地笑了起来。

正聊得高兴，就听狱警在喊：“雷振宇，探视时间到。”

振宇慢慢地站起来，脸上的笑容瞬间褪去，声音哽咽，慢慢地说：“语蝶，二哥真想看着你嫁出去的那一天。”

语蝶流着眼泪，点着头，看着振宇的身影渐渐地消失在铁门的后头。

31

雷鸣找工作替环卫扫街

自从凌蝶怀孕，荣轩怕有闪失就没有再让她上班。荣轩每天上班前都要趴在凌蝶的肚子上，听一听那里传出来的声音才会离开。荣轩上班后，凌蝶就回娘家和艳秋在一起。艳秋对孩子们小时候的事记得非常清楚，虽然还不会详细地表达自己的感受，但也可以清晰地回应着是或不是，点头或摇头，时不时两个人就会笑得前仰后合。雷鸣看着娘俩儿快乐的样子，也很少再流泪了。

雷鸣坐在炕上，烟盒放在前面，一根接一根地卷着烟袋，已经卷好的烟袋放在以前装烟卷的烟盒里，整齐地摆放着。偶尔抬头看看凌蝶的肚子："爸能帮你点就好了。"

凌蝶"呵呵"地笑着看着雷鸣："爸，这么多年没孩子，我净攒钱了，没事！"眼睛看着雷鸣伸出了大拇指。

雷鸣和艳秋看着凌蝶的样子，两个人都笑了。

此时，大门外传来叫声："老雷在家没？"

雷鸣快速地将正在卷的烟放在烟盒里，下地穿上鞋，直奔大门走去："在，在，是他张婶吧？"雷鸣边说边打开了院门。

“是我，你不是要找工作吗？正好有个合适的，你看看行不？”张婶边往屋里走边说着。

雷鸣边走边急着问张婶：“啥工作，啥时候上班？”

“不管啥工作、啥时候上班，你是不是得先让我进屋坐下了再说？”张婶看着雷鸣笑着说。

“俺是一时太高兴了，忘了让你坐下，来，坐下再说。”雷鸣也不好意思地笑了，伸着手示意张婶坐下。

凌蝶端来了一杯水拿给张婶：“咋了，张婶，给爸找工作？”

张婶不紧不慢地喝了两口水：“是呀，你爸说你妈也没啥事了，你也总能过来陪她，他也不想总在家里待着，让我看看有啥他能干的工作没。这不，还真巧，咱们院的小李是环卫工人，人家现在一边做买卖一边上班，感觉有点累，就让我帮找个早起帮他扫大街的。时间也不太长，就是早上早起点，八九点钟就回来了，下午的时候再去看看，人家好一门心思做买卖呀。他说了，把工资拿出来至少一半儿给帮他扫大街的人。”

“多少钱俺都去，不就是早起点吗？要不俺也睡不着，人到老了觉也少，你这就回小李的话，俺去帮他。”雷鸣赶紧说。

凌蝶盯着雷鸣看了一会儿，眼睛慢慢湿润了：“爸，你能行吗？扫大街可不是像家里扫扫地，那可挺大一片呢，还起得那么早，路上车多也危险，你就别去了。”

“你懂啥，活着就得动弹，不活动活动都生锈了。再说你爸还没有老得不能动弹，就俺这身子骨，再干个十年八年的也棒棒的。现在上战场照样能打得美国佬滚回老家去！”边说边挺起腰板一副战士军训的样子。

凌蝶静静地坐在那里，呆呆地看了会儿雷鸣，伸手摸了摸自己的肚子，默默地流出了眼泪。

张婶见雷鸣高兴的样子，用力地拍了一下大腿：“那好，老雷呀，我这就给小李回话去，就说你去帮他，工资的事你们慢慢谈。不过你也真得注意点身子，咋能干，岁数也不小了，实在干不动就和小李说不干了，先去适应适应再说。”

“没事，他张婶。等咱开工资了，咱先报答你，做点好吃的，把他张叔也叫来，咱们好好喝点，艳秋也能作陪了。”说着用手轻轻地摸了一下艳秋的脸。

艳秋没有动也没有回应什么，只是呆呆地望着雷鸣，一脸不解而又沉重的样子。

张婶起身告辞。

32

凌蝶待产荣轩害怕下岗

夏日的清晨，天空早早泛起了白晕，凌蝶也早早地醒来，依在荣轩的怀里，轻轻地抚摸着荣轩的脸颊，望着荣轩的头发，头发中也有了些许的白丝。想着已经近四十岁的他也快要做爸爸了，自己也感觉很自豪，好像没有白做一回女人，也没有白给荣轩做一回媳妇。脑海里憧憬着一家三口一起玩耍时快乐的样子，孩子跑过来很远就开始亲昵地叫自己："妈妈、妈妈。"凌蝶把头深深地埋在了睡得正熟的荣轩怀里。

荣轩被凌蝶亲昵的动作"吵醒"，睁开睡意正浓的眼睛看着凌蝶："咋了？是不是咱的小宝宝又动了，把你整醒了？"

凌蝶抬眼看着荣轩笑着说："原来咱家孩子也闹人，我还以为他不会闹呢，像你一样闷哧闷哧的。"凌蝶掐了一下荣轩的胳膊，"呵呵"地笑了。

荣轩也笑了。

"现在我知道了，这小家伙也会闹，还会用小脚一个劲儿地踢我，可有劲了！"凌蝶将手放在肚子上不断地轻轻揉着。

荣轩翻过身子笑着将手放到凌蝶的肚子上也轻轻地抚摸着：

“他踢得疼吗？都踢哪儿了？是不是在你肚子里练武术呢？我儿子一定是文武全才，咱可是等了十多年才等来的小家伙，一定是个小人精。”

“傻样吧，这还没咋的呢，你就知道他是文武全才？”凌蝶斜眼看了一眼荣轩。

荣轩“呵呵”地笑了。

凌蝶将头向上扬了扬：“不过有一点我相信，他一定会比咱俩有出息。等他长大了，给你找个好工作，咱也不当工人了，回头也找个椅子坐坐。”说完，凌蝶大声地笑了。

“好，那我就先好好干着，等赶明儿个我儿子给我调工作！”荣轩一脸严肃地说。

凌蝶娇嗔地拍了一下荣轩。

“现在当工人也真是没有啥好的。有一天，我下班在路上见到了中学时候的同学。”

凌蝶看着荣轩的眼睛问道：“谁啊？”

“你不认识，都老长时间没见了。从上次同学聚会见到过一次，到现在得有几年的光景了吧。看样子是混得不错，穿着西服，打着领带，可能是名牌吧？咱也叫不出个啥名，反正看着就不赖，不过说话的语气真是呛人气管子。”荣轩脸上的笑意慢慢消失，语气沉重。

“他都说啥了？看把咱当家的气的！不跟他一般见识啊，咱都是快当爹的人了。”凌蝶伸手托起荣轩的脸，眼睛注视着荣轩。

荣轩转过脸眼睛看着房顶："说那话就别提多硌硬人了，看我手里拿着饭盒，问我咋还上班呢，上班带饭盒比搞破鞋都'砢碜'。你说这都好几年不见面了，咋能一见面就这么说话呢？就是心里想嘴上也不能这么说不是，本来我自己也感觉真的有点寒碜。你说当初当个工人得是多让人家眼红的事，那叫铁饭碗、香饽饽，当时他们都看我行，现在我咋混成这样了？哎，真是凤凰变草鸡，一时一变哪！"

"现在不就是要砸三铁吗？什么砸铁交椅、铁工资、铁饭碗，减人增效。以前爸总说上朝鲜战场打仗的事，感觉离咱们可远了，咋也和自己的日子对不上号，这次的砸三铁，咋一下子感觉啥事都可能摊上呢？对了，你们单位咋样了？能不能有下岗的啊？"凌蝶的笑容已经散去，一脸忧虑地问道。

"谁知道啊？好像哄嚷着每个单位都必须得有下岗的，按比例往下减。但是咱们矿山好像还没有这一说，哎，现在也不知道咱们单位能咋样，但愿没事吧。"荣轩忧心忡忡地说。

"不能吧？你们单位应该没啥事，咱们单位现在还没有信儿呢。咋能哪儿都这样呢？人家语蝶她们单位也挺好啊。再说了，就是下了咱也不怕，现在不是大哥行了嘛，下岗我找大哥去，亲戚里道的能帮还得帮一把，还别说我是他的亲妹子！我就不信他能不让咱吃饭。"

荣轩笑了："咋的，人家不管你，你还赖在人家不走啊？那小婉还不把你给轰出去？吃了你！再说了，咱也不能那样。有啥事好好说，别毛愣的，看大哥能帮就帮，要是实在帮不上啥忙的话，我也像别人那样推个小车到处卖水果去，我就不相信我养活不了你们娘俩？”

凌蝶笑着推了一下荣轩：“我才不用你养呢，等宝宝生了，我也可以去工作了，咱们单位也没减人，也没转制的。再说了，论干活我可是把好手，就是减也不能减到我头上。这次休假也是没办法，在单位上班出工不出力的，别人看着硌硬，咱自己也不得劲，要不我可不愿意在家里待着。”

荣轩抬头看了看挂钟，“腾”的一下坐了起来，大叫着：“就你耽误事，你看看这都几点了，我得去上班了。”

凌蝶抬眼看了看墙上的挂钟，也赶紧起身：“完了，完了，你还没吃早饭呢？快把饭盒带上，到单位热热吃吧，我昨晚都给你装好放冰箱里了。”

荣轩赶紧起床穿上衣服，拿了饭盒就往外走。刚走了几步返身跑了回来，把头贴在凌蝶的肚子上轻轻地说：“爸爸要去上班了，要好好工作赚钱把你养活大，成个大领导，将来给爸爸换个好地儿也坐坐椅子，来亲亲。”说着在凌蝶的肚子上轻轻地亲了一口，舔了舔嘴唇、晃了晃头，似乎他已经真的亲着了自己的孩子，看到了他的孩子在向他招着手说：“爸爸，去上班吧，我会好好地待在家里，乖乖听妈妈话的。”

凌蝶收拾好自己和家里的卫生后往雷鸣家走去。

她一边走一边想着肚子里孩子可爱的样子，一定是天底下最聪明的宝宝，他也能像小情小时候那样安静地等妈妈上奶奶家接他回家，嘴里唱着那首歌曲：我的好妈妈呀，下班回到家，劳碌了一天，也该歇歇了，妈妈、妈妈快坐下，请喝一杯茶，让我亲亲你吧，我的好妈妈。想到这儿，她边走边小声哼唱起来。

初升的太阳透过路边繁茂的树叶，在路面上洒下斑驳的影子，也温柔地洒在了凌蝶洋溢着幸福、快乐、骄傲的脸上。

33

振天回家带艳秋去镶牙

清晨三点就开始扫大街的雷鸣，扫完大街后急匆匆骑着环卫局统一发放的三轮车一路高唱着：“雄赳赳气昂昂跨过鸭绿江，保和平为祖国就是保家乡。中国好儿女齐心团结进，抗美援朝打败美帝野心狼……”

临近早市，雷鸣的歌声一点点放低，把车放在早市路口存车的地方。弯腰拿起放在车上的布包，拎着往市场里面走。嘴里依然低唱着“雄赳赳气昂昂跨过鸭绿江……”

早市里聚集着五六十岁以上的男人和女人们，卖货人的叫卖声和买货人讨价还价的声音此起彼伏，雷鸣拨开人群径直奔早市中间的小摊走去。

雷鸣从有花生的第一个摊位一直走到最后一个卖花生的摊位，转过身在中间的一家摊位前买了一斤花生米，又在旁边的摊位上买了几个土豆和一棵白菜，快速往三轮车的方向走。边走边把布包打开拿出几个褶皱的塑料袋，一个个地捻开包在花生米、土豆、白菜袋的外面，又将几样菜放在了布袋子里，走到三轮车前将布袋子系在了车把上。

雷鸣一脸笑容，骑上三轮车快速地往家里骑着，脑海里浮现起艳秋的各种表情，喂给她吃的样子，不禁笑了出来：那稀有的几颗牙齿很冷静地放在门前，后面已经空空如也的她，却口口声声地叫喊着“花生仁”，她可咋吃呢？还得让咱先嚼碎喂她，想着想着笑出声来。此时正是上班的高峰段，马路上的行人和骑车的人都离得很近。几个人的目光应声看着雷鸣的脸，雷鸣假意咳嗽了几声，一脸深沉而又冷静地看了看四周，假装镇定地往前骑着。

回到家，雷鸣听见振天正在和艳秋说着话，艳秋的样子很快乐，甜甜地笑着。

振天也快乐得像小时候一样，一脸的笑容，时不时地还能笑出声来。

雷鸣解下布包打开屋门，满脸笑容地看着振天的眼睛说：“振天回来了，咋这么早？还没吃早饭吧？好不容易过个礼拜天还得跑过来，等着爸给你做饭去啊。”说罢转身奔厨房走去。

振天站起身叫住了雷鸣：“爸，不用做饭了，我和妈一直等着你吃饭呢，早点我都买好了。快来，咱们一起吃。”

振天将桌子上盖着锅盖的盆打开。

雷鸣走过去看了看桌子上的早点，神秘兮兮地扬起了眉毛，笑着说：“还差一样你妈最爱吃的，也是最想吃、不做都不行的，咱得去做。”

振天一脸疑惑地看着雷鸣：“啥好吃的啊，现在不吃都不成啊？”

雷鸣大笑着:“你问你妈。”转身走向厨房，将布包打开，拿出菜，将包在外面的塑料袋子拆开后又一个个放回了布袋子里，将布包重又放回了三轮车的车把上。

振天看着雷鸣来来回回的身影，转过头和艳秋笑着说:“我爸现在这小日子过得挺带劲啊!”

艳秋张着嘴，眼神呆滞，一脸严肃地说:“妈的，埋——汰。最——笨!”

振天看着艳秋的脸，再看看雷鸣忙碌的样子，仰面哈哈大笑了起来:“你可真是我亲妈!你让我爸给你弄啥呀?”

艳秋的头边晃动边往下低着，小声说:“花生仁。”

振天望着艳秋的牙齿再一次哈哈大笑起来:“我的亲妈呀，也真够可以的，就你这牙口咋老想吃花生仁呢?能咬动吗?”

艳秋斜眼看了下厨房小声骂道:“妈的。”

振天“呵呵”地笑了:“得了，回头我给你钱把牙也镶上。”

雷鸣麻利地将做好的花生米端出来放在桌上。

振天望着艳秋，凝神关注着。

艳秋用左手拿着小勺，将花生仁迅速放到了嘴里，用前牙慢慢地嚼着，花生米时不时会跑到艳秋牙齿的缝隙中，又被艳秋用舌头舔了回去。

雷鸣大笑道:“咱就知道最后还得咱喂你吃，来吧，老太太。”说着将手伸到艳秋的嘴边示意艳秋把嘴里的花生仁吐出来，接过后放在自己的嘴里，耐心地嚼了起来，嚼得不是很碎，再用勺喂到艳秋的嘴里。

艳秋香香地品尝着，好像是在享受着世界上最香的一顿美餐，满脸洋溢着幸福的笑容，嘴里还叨唠着：“妈的，你也吃，妈的，你也吃。”眼睛盯着雷鸣，手指着桌上的早点。

振天看着雷鸣和艳秋吃饭的样子，脸上的笑容渐渐消失，眼睛慢慢湿润，盯着雷鸣的脸，表情严肃地说道：“爸，你就别去上班了，不行吗？厂子不给你开资大儿子给开，现在儿子走字儿，这工作保靠着呢，可不是当年那个跑龙套的了！有钱了，你俩就是可劲造也够你俩霍霍的。那点生活费我还付得起。”

雷鸣看了看振天：“有钱就攒下点，俺和你妈够用，也没啥事。不上班爸在家也真没啥事干，上班也不耽误啥。”

振天摇了摇头，笑了笑：“我就知道我说不了你。”

“这段时间俺也想明白了，国家也得慢慢地长大，啥都得一点点的好。就像你们小时候哪能一生下来就啥都会呢？得慢慢地会说话、走路、写字，不会就打你们？那哪成！得给时间让你们慢慢来，有点磕磕碰碰的正常。等国家也长大了，老百姓的日子就会越过越好了。”雷鸣一副坚定的样子。

振天看着雷鸣“扑哧”一声笑了：“您现在倒是很明白了，哈，不过，谁愿意看着自己的老爸苦巴苦巴地活着？听大儿的话还是先别去了，咱家不缺老爸挣钱，别人笑的不是你，是要笑你养的儿子不顶愣的。”

“行了，知道你是好儿子，等爸真干不动了，也不能少麻烦你们。你伺候爸的日子在后头呢。”雷鸣没有看振天，一边喂艳秋一边说。

振天无奈地笑了："得了，你实在愿意上，我也真不能把你咋的。不过，一会儿我和你带着妈把牙得先镶上，不能让咱妈总这样吃饭，你也吃不好。这个总行吧？"

"没事，你妈可愿意这样了。"雷鸣笑着看着艳秋。

艳秋低下了头，晃了晃身子，小声说："妈的。"

振天大笑着："我看妈越来越像个小孩儿，咋那么好玩呢。"说着从皮包里掏出来两千元钱，放在雷鸣面前。

雷鸣瞪大了眼睛看了看钱，又看了看振天："这钱？"

"没啥，小婉不知道，你放心。"

雷鸣更加疑惑地问："不知道？你工资不交她？"

"交呀，咋能不交呢，还得给小情花呢。"

"那你从哪儿来的钱？"

"这是我另外的补助，就没和小婉说，妈有病的时候我都没尽着力，就让我给妈镶牙吧，也算借点大儿子的光。"

雷鸣拿起了钱，望着振天高兴地说："好吧，也算你补上孝顺你妈的，咱吃完饭就去给你妈镶牙去。"

34

海边相聚告别女孩之旅

清晨，海风轻轻地吹起三个人的头发，浪花在语蝶、馨雯、兰心三个人的脚下温柔地穿梭着，太阳安静地躲在厚厚的云层里，像个害了羞的小女孩儿。不一会儿，太阳像个顽皮的孩子躲猫猫一样偷偷地露出了一点影子，瞬间，光芒投射到的海面尽是一片闪动的红晕。

语蝶三人在海边蹦跳着、欢呼着、高声唱着：“如果大海能够带走我的哀愁，就像带走每条河流，所有受过的伤，所有流过的泪，我的爱请全部带走……”

此时，没有被阳光照射到的海面依然和天空一样蓝，海面静静的、悄悄的，宛若待嫁的新娘。

三人脱下鞋，迎着海面上翻卷的浪花，各自张开手臂拥抱着美丽的大海，欢呼雀跃着，似三只翱翔于苍穹中的海鸥突然间发现海水中的鱼儿，挽着朝阳、踏着海浪、伸开了臂膀，猛吸着大自然赋予人类清凉而带有咸腥的空气，大声呼喊着：“大——海——，我——来——了——，我——们——来——了——”

此时的朝阳已经抛落了面纱，完全跃出海平面，红彤彤地升起在朝霞浮动的天空中。

兰心跑到岸边坐了下来，呆呆地望着晨起的大海和远方的朝阳，突然间流出了眼泪。

语蝶跟在后面雀跃着从海里也跑上了岸："亲爱的，是海伤了你，还是太阳公公伤了你，咋能让鳄鱼又流泪了呢？"

兰心一边流着眼泪一边说："你才是鳄鱼呢！一说自己就是美丽的蝴蝶，看别人就是鳄鱼？"伸手推了语蝶一把。

语蝶连连地向大海的方向倒退着，似乎被很大的力量推动着俯面躺在海水里，闭着眼睛，放平身子，四肢松散地向四处伸展着。

兰心"呵呵"地笑出声来："装啥啊，人家也没使那么大劲，起来得了。还等人家去拉你啊？"

语蝶翻过身子，将身子钻进海水里用力向兰心游了过去。

刚刚还把脚放在海水里的兰心站起身，边跑边大叫着："别闹了，不知道人家不会游泳啊？"

语蝶慢慢从海水里站起来"呵呵"笑着。

"就是，咱兰心才不是鳄鱼呢！要是，咱也得是大海豚。"馨雯也来到兰心身边坐了下来，伸手抚摸着兰心的肚子也"呵呵"地笑着。

"你和语蝶一样，总说自己是小白兔，我是海豚，胖点咋的了？你要说这皮肤像海豚一样还行，你咋不说我是美人鱼呢？总合伙欺负我。"兰心又生气地将头转向馨雯相反的方向。

馨雯站起身来到兰心对面坐了下来，一脸郑重地说：“说真的，兰心，好好的咋又哭啊？”

“都怪语蝶，玩就玩呗，非得整个‘告别女孩之旅’，想起来就感觉难受。再看着眼前的太阳从升起到完全露脸就那么一丁点时间，一下子就感觉自己老了挺多，好像晚上就要和太阳一起去了。”

“太阳还没有高高地挂在天上，咋能一下子就下山了？伤感得也太早了吧？”馨雯“呵呵”地笑着，斜着眼睛看了看兰心。

“我也有这样的感觉，自从妈有病以后，觉得自己一下子就长大了，好像有很重的担子在肩上。”语蝶坐了下来，将背贴在兰心的后背，抬眼望着天空中飘动的云朵，语气中略带沉重地说道。

“我感觉一切美好都在自己的心里，要是连自己都没有办法接受自己，那谁还能接受你？就只剩下哭了。我记着你的话，最重要的是我知道我今天要的是什么。”馨雯看着语蝶的眼睛。

“是呀，我知道。人啊，最难的就是自己的刀削自己的把。其实我真的感觉一切都好像是冥冥当中的安排，我到底噶啥来了？就是为了找个对象结婚？然后生孩子，等老，等死？”语蝶很沉静地说。

“哎哟，谁不是这么活的？你是不是脑子有问题？成天乱七八糟地想一通。现实点得了，我就想我要是和小海真结婚了，看那老太太还能咋的？其实咱家小海跟我还真挺好。”兰心的头从天边的太阳慢慢转向馨雯的脸，身子用力向后靠了靠，仰起头轻轻碰了一下语蝶的头。

“我是按照我的感觉找的，没啥可遗憾的了。‘维纳斯’的美也许就是因为她的断臂。”馨雯的眼睛望着远处的大海，面带着幸福的笑容。

语蝶转过头看了看馨雯陶醉的样子，又看了看兰心，把眼睛也投向了海的深处：“我感觉我是真在等什么，在寻找什么。或许是在等一个人，可是他没有来找我；或许是咱们都不知道彼此住在哪儿，所以错过了这班车。”眼睛里闪动着泪光……

馨雯岔开话题：“嘿，你们说海水为啥是咸的？”

“是天哭了，他的眼泪流到了海里。”语蝶说。

“那为啥海水是蓝色的呢？”

“那是大海想念天空，将天空的身影留在自己的心中。”语蝶又接着说。

兰心一把抱住两个人：“别说了，好好哭一场得了。痛快地！”

馨雯也忍不住哭泣地大叫道：“哭吧，哭吧，反正早晚也得大哭一次，干吗非得憋着？来！”语蝶紧紧地抱住了两个好友，三个女孩儿相拥在大海边，任不知疲倦被海风掀起的海水将咸咸的泪水汇入海洋。

35

班前会后荣轩意外惨死

刚刚开完下岗动员会的荣轩一脸沉重地走在矿山运输车的轨道旁，一路寻思着会上部门领导说要减人的事，他把自己部门的人员在脑子里过了一遍。自己在没有后台又死性的范畴里，下岗人员中说不准就会有自己。他记着开会的时候领导看了自己好几眼，这是告诉自己做好准备？

下岗要是不想回家就得去“待岗站”百分之五十开资，回家就办“两不找”。“待岗站”是自己平时连看都不爱去看一眼的地方，那里的人都是各部门扛不住的小混混，来也不干活又不能赶回家的人。工人们背后都说那可是个“肩不能担担、手不能提篮的地方”。这次下岗动员会上“待岗站”的那几个人全都表了态要回来好好工作了，工人们议论着“待岗站”的人能待的时候总是第一个待着，下岗的时候没一个会走。要减的人没条没有框，只认关系不认人。想到这儿，荣轩不自主嘀咕出声来：“我可不去！”

荣轩抬起头环顾了一下四周，发现没有人后又陷入了沉思中：办“两不找”工作关系单位保留，不给开资，自己倒是也不用往单位交钱。可是回家干啥去呢？凌蝶怀着孩子不能上班，等到生孩子的时候也得用钱。自己还啥手艺也不会，卖水果也得通那根窍啊，万一要是一段时间挣不到钱，也找不到工作可怎么生活呢……

叮，叮……井下运输车要挂车了，信号灯在急切地闪动着，运输车下的值班人员也在叫喊着："挂车了，挂车了。"此时沉浸在心事中的荣轩没有看到信号灯，更没有听到值班人员的叫喊，仍像平时一样穿过两节车箱间的铁轨回休息室。

这时，正好这两节车箱挂到了一起，荣轩被车箱死死地挤在了中间。他没有来得及叫喊一声，就那样扁扁地夹在里面，鲜血在两节车箱间似几个喷泉的水柱直冲云霄，如殷红的花朵绽放，瞬间散落下去。当车箱再被弹回时，荣轩血肉模糊的身体软软地瘫倒在那一大片血红里。

凌蝶在雷鸣家的小院里，正在和艳秋说着小宝宝在肚子里是如何踹她，又是如何调皮的时候，屋子里电话响起。凌蝶走过去赶紧接听电话，那边传来一个男人急切的声音："雷凌蝶在这儿吗？"

"你是谁呀？我就是雷凌蝶。"

"嫂子呀，快来吧，你家大哥出事了。"那边大叫着。

凌蝶皱紧了眉头，张大了嘴："咋了？在哪儿出的事啊，现在咋样啊？"

那边撂下了电话。

一股不祥的预感紧紧抓住了凌蝶的心，她放下电话就急匆匆地往大门外跑。

艳秋看着凌蝶变色的脸，听着她急切的语气，也好像预感到了什么，朝着凌蝶的背影结结巴巴地叫喊着："去——哪儿？别——急！慢——点。"

凌蝶没有回应，一直往门外跑去。

凌蝶远远地看到一群人站在矿山运输车的轨道旁，赶紧跑了过去，挤到人群前愣愣地看着地上安安静静躺在那里的扁扁的身躯，又茫然无助地看着大家，焦急地问着周围的人："咱们家荣轩呢？谁看到咱们家荣轩了？快点告诉我呀！谁看到了？"

没有一个人回答她，也没有一个人敢看她，都默默地流着眼泪。

凌蝶大声叫喊着："你们都是哑巴呀？谁看到咱们家荣轩了，我是他老婆！谁看到他了，说呀！快说啊！"眼睛在人群圈里快速转动着。

大家一边流着眼泪一边看着躺在地上血肉模糊的荣轩，凌蝶哭泣着大骂道："我是说我要找咱们家的荣轩，你们都看着他干吗呀？"她用手指着趴在那里的扁扁的身躯，眼睛环顾着四周，嘴里叫喊着："你们都有病啊？啊？！"

此时，人群中走出来一位二十多岁的年轻小伙子，泪眼模糊地说："嫂子，这个就是你们家的大哥呀！"

凌蝶一把抓住小伙子的肩膀使劲摇晃着："他是谁我不认识，我找的是荣轩，我是他老婆，我叫雷凌蝶，你给我打的电话吧？你快去，你快去呀！你快去找他！"凌蝶的眼睛一眨不眨地盯着眼前的小伙子，似乎要从小伙子的眼睛里看到希望，声音越来越低落。

小伙子扑通一声跪在地上，哽咽着说："这——这就是你家大哥呀！"

凌蝶呆呆地看着那扁扁的面目全非倒在血地上的荣轩，想走过去，却迈不动重若千斤的脚步，大睁着两眼，努力向前伸出双臂，颤抖着毫无血色的嘴唇轻轻地说："你还没有看着你的儿子呀！"话还没有说完，只感觉天旋地转，周遭的一切瞬间混沌起来，两眼发黑，身子一软，瘫倒在地上。

此时，天很蓝。刚刚挤压完荣轩的运输车像两个警卫一样静静地守在那里，别的线上的矿山运输车依然继续工作着。荣轩和围着荣轩尸体的人们被矿山运输车包围着，从外面看，这里如往昔一样：运输车的汽笛声，三三两两来来回回走动的人们。

36

全家努力凌蝶走出痛苦

语蝶看着面无表情、眼神呆滞、静静躺在床上的凌蝶哭泣地说："姐呀，醒醒吧！五天了，你不吃饭身体就垮了，你醒醒吧！我相信，姐夫也不愿意看到你现在的样子。你们认识了那么长时间才结的婚，姐夫和你好，更稀罕你们的孩子。要是你和姐夫也好，还想着姐夫的话，就把他留给你的小生命好好地生下来。姐，你听到我说的话了吗？"说着轻轻地伏下身把头紧紧地与凌蝶的头靠在了一起，伸开手臂抱着凌蝶。

凌蝶的手缓缓抬起，小心地放在自己的肚子上，手指轻轻地滑动着。

语蝶向后闪了一下身子，尽力捕捉着凌蝶的眼神："是不是宝宝在踢你？他是不是抗议了？说他饿了，想要吃东西，这几天他都饿瘦了。"

凌蝶的眼睛慢慢转动，眼神中燃起了一丝希望的光芒，抬眼看着语蝶有气无力地说："有饭吗？我真有点饿了。"

语蝶流着眼泪激动地说："有，有饭，我这就去拿！"站起身赶紧往厨房跑去。

雷鸣看语蝶往厨房跑，赶紧将手里正在卷的烟迅速放回烟盒，边穿着鞋边问："你姐要吃饭？"话音刚落，雷鸣已经来到厨房，站在了语蝶的身旁。

语蝶没有抬头，手继续在厨房的锅里、碗柜里翻看着，声音中充满快乐地回答着雷鸣："嗯，是。姐说饿了，姐说饿了。"

艳秋颤颠颠地快步走进厨房，打开碗柜拿出一捆挂面递到语蝶的面前，快速重复着："妈的，妈的。"

"快，你妈说下点面条，别吃硬的了。"雷鸣看了艳秋一眼对语蝶说。

语蝶下好了面条端去给凌蝶，看着雷鸣和艳秋眨动了几下眼睛，将手指放在嘴唇上轻轻地关上了房门。

艳秋将耳朵轻轻贴在房门上，呆滞的眼睛不停眨动着。

雷鸣拉了拉艳秋的手，嘴唇也用力地向自己屋里的方向扭动着。

艳秋不情愿地跟着雷鸣回到了房间。

雷鸣脱鞋上炕，重又拿起刚刚放在烟盒里还未卷好的烟继续卷了起来。

艳秋坐在炕边，看着雷鸣，把手放在雷鸣正在卷烟的手上，雷鸣抬头看了一眼艳秋，嘴里发出"呜呜"的声音。

艳秋眼里充满泪水地看着雷鸣，嘴里不停地骂着："妈的，妈的。"

语蝶走出房间，打开雷鸣的房门，冲着雷鸣亮了亮手里的空碗，开心地笑着。

艳秋的身子靠着椅子背，将手里的拐杖举起挑下了挂在晾衣架上的手巾，走到雷鸣身边给雷鸣擦了擦泪水，也给自己擦了擦泪水。转身奔语蝶的屋走去，雷鸣也站起身跟在艳秋身后来到了语蝶的房间。

凌蝶静静地趴在那里，语蝶正在给凌蝶按摩着因为怀孕已经有些肿胀，这几日因不活动在床上躺着而更加生硬的腿。

艳秋走到凌蝶身边，伸手抚摸着凌蝶的额头，眼睛一眨不眨地看着凌蝶的眼睛。

雷鸣站在门前笑着看着凌蝶："快问问小外孙晚上吃点啥？俺这就去。"眼睛又转向凌蝶的肚子快速说道。

凌蝶看了一眼雷鸣，又抬眼看了看艳秋。

艳秋躲避着凌蝶的眼睛，将目光投向雷鸣："嗯，快，快，快买去！"举起了手里的拐杖指着雷鸣的脸，脚也慢慢往雷鸣身边挪动着，跟着雷鸣走出语蝶的房间。

雷鸣看着艳秋，表情严肃而坚定地回答一声："是！"赶紧往外走。

语蝶跟在后面叮嘱着："爸，再买点奶啥的。"

雷鸣没有回头，手向后挥动着又坚定地回答一声："是！"

艳秋走回到自己的房间，放下手里的拐杖轻轻抽泣着，泪水顺着两腮大颗地向下流着。

凌蝶流着眼泪，有气无力地问道："荣轩的后事办得咋样了？"

"都是大哥去办的，按工伤走，等过几天报到局里就能给钱了。姐，你放心吧，有大哥呢，你就不要管了，一会儿宝宝又生气了。快收拾收拾，一会儿咱俩出去走走，得让咱家宝宝呼吸点新鲜空气了，这几天宝宝都闷坏了，宝宝都抗议了。是不是？”语蝶说着用手轻轻摸了摸凌蝶的肚子，走进厨房，拿来了刚刚洗过的毛巾轻轻擦着凌蝶的脸。

语蝶转身又洗了洗毛巾，继续轻轻擦着凌蝶眼角的泪水：“都成大花猫了，小宝宝才不喜欢这样的大花猫妈妈呢。”

艳秋又拄着拐杖跟在语蝶身后来到了房间，站在旁边看着两个人，小心附和着：“嗯，快——出——去——走走，快——出——去——走走。”

语蝶帮着凌蝶慢慢穿好了衣服，凌蝶抬起头看着艳秋，将手放在自己的肚子上，流着眼泪轻轻地说：“妈，我知道我还有孩子呢，我和荣轩的孩子。”

艳秋的眼泪一下又流了出来，看着凌蝶轻轻地点着头，将凌蝶的头抱在怀里，用手轻轻摸了摸凌蝶的额头：“没——事，没——事，都——能——过——去。”

语蝶拉起凌蝶的手：“姐，快走吧，咱俩出去走走去，一会儿爸就会回来了，先不用管妈。”

凌蝶慢慢起身下床，和语蝶一同走了出去。

艳秋怜爱地看着两个女儿手拉手往大门外走去的背影，慢慢地仰起头，闭上眼睛，两颗大滴的泪珠从眼角顺着脸颊快速地滚落。

37

雷鸣偷偷到监狱看振宇

夏日的天还没有亮，雷鸣就扫完了大街。

回到家的雷鸣蹑手蹑脚地把三轮车放在院子里，没有打开房门，悄悄走到窗前，顺着窗户往屋里看了看，见艳秋依然熟睡着。他又蹑手蹑脚地走到院外轻轻锁好院门，直奔早市买了些振宇平时最爱吃的东西，坐着公交车直奔监狱而去。

“雷振宇，你家来探视的，出来接见。”狱警叫着。

振宇跟在狱警的身后往接见室走着，心里一直在计算着日子的他，每天都在掐着手指算计着哪天是接见日、谁该来了、都能送点什么，自己心里都有打算。每一次接见日的到来，都是离出去的日子又近了一段时间。

他把接见的日子按次数写成了正字，接见日有人来一次就增加一笔。出狱的日子也写成了正字，接见一次就减少一笔。晚上的时候，他会仔细看着这些正字想着自己的心事。

每一次的接见日，他都像个小孩子盼到了自己最喜爱吃的糖一样甜蜜。他会清楚地把每一个来看过他的人记在小本子里，哪年、哪月、哪日都有谁来了，拿的什么东西。接下来是自己的誓言，自己应该如何去报答，等等。他的本子已经写得很厚了，但是非常整洁，页码的角都没有卷起的痕迹。

本子的第一页上工工整整地写着几个大字：蓝天当纸，大海当墨，也写不尽我的忏悔和眼泪。

今天这次接见让他感觉更多的是心脏在急促跳动，手指尖在有节奏地抖动着。他把家里要来的人在脑海里一个个过了一遍，边走边寻思着，脚步更加急促。当走近探视间的门前时，他的心有怯懦的感觉。他不想走进去，想要逃跑，想尽快离开这里，回到自己的房间，他宁愿今天没有人来接见自己。突然间，感觉带吃的、带穿的都没有太大的意义，他只想安静地待着。

振宇的脚步慢了下来，眼睛盯着狱警的身影，回看着自己的衣服，他有一种罪恶感，恨不得马上脱下身上的衣服，当着狱警的面撕烂它，证明这个衣服不是他的，他不应该穿在身上。

狱警停下了脚步，振宇愣了一下。此时他很想狱警对他说：你回去吧。今天没有人接见你。但是狱警没有，振宇被狱警带进了接见室。

雷鸣目不转睛地盯着探视间的铁门，他看着振宇的尖头比一年前更尖了，深陷进去的眼睛更小了，眼皮松散而厚重，眼神中少了以前的不可一世，多了一份怯懦。雷鸣的眼泪流了出来，他站了起来，注视着接见室的门，似乎想要记住房门被打开的每一个瞬间。

接见室的房门慢慢打开，振宇站在门前，愣愣地看着雷鸣。

他的眼泪一下子流了出来，眼前的爸老了，憔悴了许多，头上本就零散的黑发更少了。脑海里浮现出雷鸣每天骑着三轮车早早起床去扫大街，被妈骂着还要敬着军礼的场景，一辈子最痛恨犯法的人，今天却到监狱里来看自己。他扑通一声跪在地上，大喊了一声："爸，谢你来看我！"抬着头看着雷鸣的眼睛，眼泪大颗大颗地往下流着。

雷鸣的头不断地左右晃动着，眉毛紧紧地锁在一起，将一只手放在额头上轻轻地敲打着，另一只手擦着脸上的泪水："振宇呀，振宇呀，快起来！快起来吧！是爸对不住你啊！要不是爸把你轰出去，你咋能来遭这个罪呀？爸知道错了，晚了，晚了！爸一辈子都是好话不得好说呀。"雷鸣趴在桌子上全身都在颤抖，呜呜哭出了声音。

振宇跪趴在地上，抽泣着。

雷鸣依然继续哭着，抬手轻轻摸着振宇的头发，慢慢站起身伸手扶起振宇，振宇抬起头流着眼泪："爸，别哭了，我好着呢。都是我不长脸，我无能啊。"振宇站了起来，擦了擦眼泪，坐在了雷鸣的对面："爸，我知道我错得太多了，我欠全家人的。"

"嗨，哪有过不去的坎，一家人就是要好好的，有劲往一处使。"雷鸣也擦去了脸上的泪水。

振宇"哼"了一声："姐咋样了？家里都好不？"

"家里都好，你姐也好多了，丧葬费也下来了，你大哥去办的。没事，家里都好着呢。你就别担心了啊！"雷鸣怜爱地看着振宇。

“姐夫的事没费啥劲吧？”振宇问道。

“你哥那天回来说也费劲了，当时劳资处说工伤超了，办着挺困难，你哥就急眼了！”

振宇点了点头：“咋困难，人也不能白死！”

“家里的事你就不用惦记了，你姐姐有她肚子里的孩子也不能咋样，住在咱家还有语蝶天天陪着她，你妈也能和她说说话，过一阵子会更好的。你就放心吧！”

振宇盯着雷鸣放在桌子上那双变得很粗糙的手：“爸，我谁都放心，就是放心不下你呀！都这么大岁数了，还得起早贪黑地扫大街，家里不是有大哥给钱吗？够的话你就别出去了，上回大哥来也说不想让你干。”

雷鸣第一次听振宇对自己说这么体贴的话，泪水又一次模糊了双眼，声音哽咽着说：“爸没事，爸没事，出去也是锻炼。要不在家里也睡不着，活动活动长寿。”雷鸣挺了挺腰板。

这时狱警叫道：“雷振宇，探视时间到。”

振宇边向外走边回头看着雷鸣：“爸，你别惦着我，我挺好的，那工作你就别干了吧！”

雷鸣的脸贴在玻璃上，流着眼泪大声说：“你也别惦着爸，爸没事。你好好的，等你回来，爸再也不骂你了！”

38

语蝶出嫁凌蝶娘家待产

晚秋，大地上覆盖了一层层的枯叶，树枝上还仅存的那几片黄叶也卷曲着，脉络里依然可见点点的本色，那卷曲的干黄似在诠释着曾经历练过的岁月。菊花在瘦弱的抱香枝头盛放着，空气里飘荡着淡淡的菊花香。

十月二十八日，迷蒙的晨雾渐渐消散，还余下的些许缥缈白纱在凉风中流动着，天空中偶有灰色的云朵显露。在云的缝隙间投射出太阳淡淡的光线，似乎在给云端中偶尔飞过的一队队晚行南飞的雁阵照亮前行的路线。

语蝶的发髻高高地挽起，那两朵清澈而幽雅的百合花在满天星的簇拥下似漂亮的天使在花丛中高傲地舞动着；洁白的婚纱包裹着语蝶唯美而妩媚的身躯；一张精致的瓜子脸白里透着粉红，仿佛是一朵盛开的桃花；高高隆起的鼻梁倔强、圆润而挺拔；丰润的红唇在百合花与婚纱的衬托下犹如白雪中绽放在枝头的绛梅；两弯秀眉似雾锁春山；长长的睫毛低垂着却难掩灵动传神的大眼睛里盈着的点点泪光……语蝶安静地坐在梳妆台前，静得如一泓秋水不起半点波纹，又好似一朵透明的琉璃花。

雷鸣家的小院打扫得干干净净，人们在雷鸣家的小院里欣喜地谈论着语蝶美满的婚姻，不时注目着语蝶的小屋，投去羡慕的目光。

雷鸣的脸上洋溢着快乐的笑容，笑眯眯里里外外跑着招待客人。振天和小婉也忙碌着，失去快乐好久的小院里充满了喜悦的气氛。

已经会自己走路不拿拐杖的艳秋慢慢走到了语蝶身旁，泪眼模糊地望着自己的小女儿，伸出手轻轻抚摸着语蝶的每一根手指，好像要记住语蝶结婚前所有的影像，要把这一刻的语蝶深深锁藏在记忆中。

凌蝶的眼里也挂满了离别的泪水，与语蝶在一张床上挤了一夜的她面目憔悴而苍老，从清晨起床后就一直也没有离开过语蝶的身旁，两眼直直地盯着就要出嫁的妹妹，时不时拉一拉语蝶的婚纱，摸摸语蝶的手。

馨雯和兰心两个人在语蝶家还没有一个客人的时候就早早地来到了这里，没有多说些祝福的话，只是眼泪汪汪地看着语蝶，好像她们要送的是“风萧萧兮易水寒，壮士一去兮不复还”、即将要上战场的勇士。

鞭炮似响彻云霄的炸雷鸣响在天空，由宝马花车开道的四十多辆车组成的迎亲车队如长龙般驶来。语蝶被驹治抱上了花车，一路呼啸着驶入了她第二个生命历程的起点站。

伴着忧伤与泪水，语蝶把自己嫁出去了。

夜，总是在不经意间携暮阳而来。语蝶蜷缩在新房的墙角，抬眼望着床头上的喜字，向不知道在哪儿的心中恋人告别着：我嫁了，不知道为啥会嫁，但是我知道必须得嫁。不是我不想等，是不知道该不该等。低头看了看躺在身边呼吸粗重的驹治，恍若做了场梦一样。都说做新娘是女孩子一生的期盼，也是最美丽的一天，可我呢？我快乐了吗？只是完成了人生旅途中的一个历程。

语蝶轻轻起身走近窗前，街上昏黄的灯光在冷风中闪烁着，路灯迷离成混沌的光影，似语蝶纷乱的思绪。

早春的脚步携几番如丝的细雨，揉着惺忪的眼睛，刷洗着冬的沉重。雨水中滋润的枝柳被风轻轻抱起，似飞舞的绿衣仙子亲吻着阔别了一季的土地。淡蓝色的天空中，一只只充满活力的燕儿轻灵地飞来飞去，到草丛里衔来春泥，忙碌着筑起了它们的小巢。阳光穿过浮动的白云暖暖地射进了雷鸣家的小院。

小院里，凌蝶的脸上挂满了幸福的笑容，一只手抚摸着自己的肚子，另一只手掐着自己的后腰，一边与艳秋说着话。艳秋也一脸的笑容，用还不是十分清晰的语言缓缓地说：“怕——他——跑——了？”

凌蝶一脸骄傲地昂起她那张已经胖得走形的脸：“人家就要当妈妈了嘛，能不看着点吗？你第一次当妈时不高兴啊？”

“我——小，不——知——道——啥。”艳秋一字一顿地说着。

“是呀，我当初也不是盼来的，当然和他不一样了。”说着摆动着头，又把手放在肚子上。

“也——没——喂——狗！”艳秋斜着眼睛看着凌蝶，笑着争辩。

凌蝶被逗乐了，慢慢坐了下来：“是，咱们都大了，哪个也没被狗吃喽。还记得语蝶小时候，喝奶吐奶，吃啥也不消化，把你急坏了，成天抱着语蝶哭。那时我感觉你特偏心眼，咋就对她好呢？”凌蝶把手放在腮下拄着，腮边的小手指放在嘴里咬着小指的指甲，斜眼笑看着艳秋：“就那点小病瞧把你吓得。是不是她长得好看哪？”

艳秋伸出两只手张开手指摆在凌蝶面前，抬眼看着凌蝶。

凌蝶“呵呵”地笑了：“我知道你要说十个手指头一样疼。”

艳秋笑了。

凌蝶继续说着：“我当时不理解啊，就用烧得通红的炉钩子放在了语蝶的脚上，我也不知道会把她烫伤，就是嫉妒她成天在你的怀里。有振宇那时候我还不懂得啥，感觉挺好玩的，等有语蝶的时候我就开始生气了，感觉妈一定更不疼我了。我不想要她，心里总想折磨她，不知道那天咋就那么‘虎’，居然给语蝶留下了一辈子的疤。”说完自己努力眨着眼睛，好像那个被烫的人是她。

艳秋抿着嘴斜着眼睛嗔怪着凌蝶：“还——有——脸——说，就——你——傻。”伸手指着凌蝶的鼻子点了一下。

“是呀，你不是说了吗，老大奸，老二傻，老三猾，小女儿是个宝贝疙瘩，还好，小时候我给她的脚留了个记号，心理平衡点，要不我能从小打她到大。”凌蝶又“呵呵”地笑了起来，边笑边晃着脑袋，“就这她也没有少告我的状，说我一天打她八遍，还哭得可怜不识见儿的。其实我哪打她了，总想着比她大那么多，她那么小我就把她烫伤了，要对她好点儿。她可倒好，成天乱告状，舍不得打她呀，就给她起外号叫‘杨三姐’。她才可气呢，一叫杨三姐就说我打她了。”凌蝶边说边“呵呵”地笑着。

“光——荣——了。”艳秋拉了拉凌蝶的手，将手向上抬着。

凌蝶挺直了腰板，像真成了英雄正在授奖一样！

艳秋拍了拍凌蝶的手，向上举了举，边笑边慢慢地说：“好——生。”

凌蝶一只手托着肚子，另一只手掐着腰，又慢慢地站了起来，拿开放在腰上肉乎乎的大手握紧了一下拳头：“没事，我体格好，有劲！”

艳秋抬起头看着凌蝶来回晃动着身子，笑着说：“没——心——没——肺，钱——和——东——西——呢？”

凌蝶满脸疑惑地说：“不是就放在咱家炕柜子里了吗？语蝶结婚时取出来5000元给她买了一台电视机做陪嫁，还给驹治买了一个戒指，剩下的不都给你放那儿了吗？也没取回来啊。”艳秋锁了一下眉头，用力张着嘴：“生——孩——子——钱，够——不？妈——拿吧！”

凌蝶停下了脚步，低下头，良久，抬起头，脸上已经挂满了泪水，不知道眼睛看向哪里，声音哽咽着像是回答艳秋，也像是和荣轩在说话：“我有，我有啊。荣轩给咱们娘俩都准备好了。”一只手轻轻地放在肚子上。

39

雷鸣找语蝶凌蝶已入院

淑芝正在厨房做着晚饭，刚刚下班回家的语蝶走了过去："妈，你先歇着吧，我来。"走到淑芝的身边，伸手解开淑芝身上的围裙。

淑芝笑了笑，拉开语蝶的手慢慢系上刚刚语蝶解开的围裙："不用，等妈老了，你再帮妈。现在妈身体好，在家待着也没啥事，不干活也没意思。你上班刚回来，快进屋躺会儿。"说着伸手轻轻把语蝶从厨房里推了出去。

"没事的，妈，我一点也不累，在家我也干习惯了，在单位也不干啥活，倒是你一天在家从早忙到晚，家里的活儿没影儿，看哪儿都得收拾。"语蝶拿起了淑芝刚放下的菜打理着。

"咱家驹治都没有你懂事，他可不知道我累，还是有个闺女好。哎！可惜我一辈子也没生个闺女，咱娘俩投缘，打从驹治相亲回家，我就想，要是你能当我儿媳妇就好了。还别说，真当了。"淑芝用手轻轻抚摸着语蝶的头发："妈是拿你当我自己的亲闺女呀！"

"嗯，我不就和您的闺女一样嘛。妈一直帮衬着我，不管咱家有啥事，妈总是想在我前头，比我想的还多。”语蝶拿过淑芝摘洗泡在菜盆中的黄花菜，拿起淑芝的双手放在水池里洗了几下，拿过手巾轻轻地给淑芝擦着手：“还是我做饭，妈休息去，在家我也一样干。”语蝶看着淑芝笑着说。

淑芝轻轻摸着语蝶的手爱怜地说：“你快把小手洗洗吧，就差这个菜了，你先歇着，一会儿等驹治回来就该吃饭了。去吧，你先留着力气，等妈做不动了，全是你的活，你干活的日子还在后头呢！”她推着语蝶回到了屋里，轻轻带上了房门。

语蝶重重地躺在了床上，伸着自己的手臂，深深地吸了一口气。

墙上结婚照里驹治笑着看着那个戴在自己手上的戒指，自己也笑着看着，两只手握在一起。语蝶努力地找寻着自己那一刻的心思，轻轻下床盯着结婚照上的两个人，慢慢走过去，感觉眼前照片里的自己是那么陌生，好像从来就不曾相识过，她想问她：你在想啥呢？你知道你自己在干啥吗？那女人就那样笑着，很安静。突然，语蝶感觉那女人笑得是那么无奈，好像是对自己说：“你看到我在笑了吗？你咋知道这就是笑？驹治的脸还是那么安静，语蝶伸手摸了摸照片上驹治的脸：你为啥这么熟悉？你认识我吗？驹治的脸依然挂着笑容。那你告诉我，我是谁？你又是谁？为啥都在这里？

电话铃声响起，语蝶回过神来快速拿起电话，电话里传出雷鸣急切的声音：“语蝶啊，你姐快生了，咱们现在正往医院里赶，你快来！”

语蝶应了一声赶紧往门外跑，边跑边说着：“妈，我不在家吃饭了，我姐要生了，我得去。”

淑芝从厨房里匆忙赶出来叮嘱：“别着急，慢点，给你姐先买瓶桃罐头，生的时候好有劲。”

语蝶“嗯”了一声，直奔医院。

凌蝶在医院的走廊里来回走动着，她知道她的宝宝就要来见她这个妈妈了，凌蝶弯着腰，嘴里叫着：“宝宝，快点来吧！妈妈等你好长时间了，妈妈可想你了！”用手轻轻揉着自己的肚子……

一阵悠扬的音乐声从邻近的房间飘了出来，声音不是很大，但是听得却很清晰。凌蝶轻轻走了过去，想让孩子享受一下美妙的旋律。

“你知道吗？爱你并不容易，还需要很多勇气。是天意吧？好多话说不出去，就是怕你负担不起。你相信吗？这一生遇见你，是上辈子我欠你的。是天意吧？让我爱上你，才又让你离我而去。也许轮回里早已注定，今生就该我还给你。一颗心在风雨里，飘来飘去，都是为你。一路上有你，苦一点也愿意，就算是为了分离与我相遇。一路上有你，痛一点也愿意，就算这辈子注定要和你分离……就算是只能在梦里拥抱你。”

凌蝶静静地听完了这首歌曲，透过病房的门窗眼见着室内产妇的爱人不时用小勺子喂给她吃桃罐头，那男人边喂边擦着产妇脸上流下的泪水，女人轻轻地推着男人的手，男人边说边搂抱着那个女人……

凌蝶流下了眼泪，心里一遍遍地叫着：“荣轩呀，你咋就走了？为啥呢？连你的孩子都不看了啊？你咋就那么狠心？”用手狠狠地抓紧走廊旁边窗户的框，扬起头，泪水不停地向下流着。

40

振天守护凌蝶产房待产

语蝶拿着桃罐头匆忙赶到医院，见雷鸣在走廊过道里正焦急地来回踱着步，艳秋在凌蝶身后抹着眼泪，凌蝶的眼睛依然向病房里望着。

语蝶跑到艳秋身边低声问道："妈，我来了。别哭，你回家吧，不用你在这儿等了。姐咋还在外面呢？"语蝶走到凌蝶身边，转过头顺着凌蝶眼睛看的方向，透过门窗向病房内看了看，拿出纸巾轻轻地擦着凌蝶的脸。

艳秋缓慢而焦急地说："你——咋——来——了？这——事——你——怕！"

语蝶伸手握住了艳秋的手："妈，没事，我不怕。让爸先送你回去。"

随后，她转过身看着雷鸣："爸，给大哥打个电话，看嫂子和大哥他们能来不？"语蝶松开凌蝶搀着艳秋的手臂，慢慢地走到雷鸣的身边："爸，你快点先送妈回家吧，时间太长妈该累了。看哥和嫂子谁有时间？他俩能来一个最好。"

雷鸣不知所措地看着语蝶："俺也不知道咋办了，你一个人在这儿能行吗？”

“没事，没事，要是大哥和嫂子都没有时间你就快去快回！”

艳秋看着雷鸣狠狠地骂道：“咋——不——找——振——天？妈的！”

“妈，没事，快回吧！”语蝶催促着。

雷鸣搀着艳秋往外走，艳秋一步一回头地说：“我——没——事，不——用——回。”

语蝶拍着手：“快回去吧！我没事，妈。你快回去把大哥他们找来，要么就让爸快点回来就行了，要不你在这儿我还担心你。”

艳秋“嗯”了一声，依依不舍地转过头，但手拉住了雷鸣的手臂。

雷鸣拉着艳秋慢慢走了出去。

语蝶打开了桃罐头，用小勺将大块的切开，喂给凌蝶一小块儿，凌蝶含着眼泪吃了下去，又看了看室内的小两口，回过头望着语蝶哭泣着说道：“语蝶啊，你说姐的命咋就这么苦呢？”

“姐，谁家不有点事？哪有都顺的？等宝宝生出来了，你看着他那可爱的样子，你还会觉得苦吗？快点，多吃点，驹治的妈说这样生时会有力量！”

凌蝶的眼睛看看语蝶，又转过头回望着病房内的两个人，嘴里慢慢地嚼着。

语蝶一只手拿着桃罐头瓶子，另一只手里拿着小勺，小勺里装着一小块刚刚切好的桃罐头。语蝶的眼睛一直望着凌蝶的嘴，她真希望那个嘴是自己能掌控的，帮她快点嚼，快点咽下去。

凌蝶好像很痛苦地用手捂着自己的肚子伏下身去："我真有点吃不下去了，好疼！"

语蝶把手里的东西赶紧放在窗台上，伸手扶凌蝶，嘴里大声叫着："大夫，大夫，是不是姐要生了？"

医生匆忙走过来看了一眼凌蝶，转过头冲着语蝶说："看样子，好像差不多了，先进产房吧。"

凌蝶听到这话，赶紧张开嘴看着语蝶。

语蝶从窗台上拿下桃罐头瓶子，用颤抖的手迅速打开了瓶子，用小勺舀出一大块放在了凌蝶的嘴里。

凌蝶费力地张开嘴吃下了语蝶手里的那块桃罐头。

医生叫来了产车，与语蝶一同推着凌蝶往产房走去。

语蝶一个人在产房外的走廊中紧张而焦急地来回走动着，不时望一眼产房的门，再望望窗外的夜空，今夜的天空很静、很清澈，星星很亮，清晰地点缀着深远的夜空。好像也在静静地等待着孩子的出生，银河边一颗流星划过一道优美的弧线，转瞬间消失在黑夜中。语蝶赶紧在心里默念着：流星啊流星，请保佑姐姐平安地生下孩子，请保佑可怜的姐姐吧！

走廊里很静，静得语蝶可以听到自己呼吸的声音。

急促的脚步声后，振天出现在妇产室的门前。振天边走边焦急地问道："凌蝶咋样了？在哪儿呢？"

语蝶快速跑过去，一把抱住振天："姐没事，姐没事，进产房里了。哥，我有点害怕！"语蝶像孤零漂泊的小船找到了安全的港湾般把头埋在振天的怀里。

振天笑着抱了一下语蝶安慰着："没事啊，没事。是女人就得生孩子，不怕，一会儿你嫂子就来了，要不你先回去吧。"

语蝶哭得更厉害了："不，姐就一个人，没有姐夫，我不在她就更可怜了。"

振天托起语蝶的脸，看着语蝶的眼睛，握着拳头："好，那咱们就全在这儿，大家在一起！"语蝶笑了，也握着拳头。

"不怕了吧！等哥给你嫂子打个电话。"振天轻轻地推开语蝶拿出了手机，忙拨打了家里的电话，拔高调门，大声嚷嚷着："你咋还不来呢？不知道现在正是需要人的时候啊？快点！磨磨叽叽的。"还没等对方回答，就重重地关上了电话，转过脸看着语蝶："你嫂子真是不像话，我看就是惯的！"

语蝶愣愣地看着振天，半晌，看着振天的眼睛，轻轻问道："哥，你咋这么和嫂子说话呀？你不怕嫂子生气？"

振天笑了笑："没事，不能。"边说边要将手机放在裤兜里。

语蝶忙伸手拿过手机边看边问道："大哥是不是有钱了？这可是最新款式的手机呀，比以前的大砖头强多了。"

振天又笑了："驴粪蛋发烧还挪挪窝呢，大哥也应该行了，现在叫狗尿苔不济，长金銮殿上了。"

"大哥真行，就知道大哥总有一天会出息的，没想到会这么快。这叫士隔三日，当刮目相看喽。”语蝶伸出大拇指，满脸佩服地笑着说。

“哪呀，乱混呗。咋的也是个跟班的！”振天脸上有了些许的无奈。

“得了，大哥。做人可不能太贪心，现在不是比以前强多了吗？别不知足。”语蝶一本正经地说完，轻轻拍了拍振天的肩膀，很调皮地做了一个鬼脸。

41

凌蝶生病子振天伸援手

医院的楼梯上响起了急促的女人高跟鞋的脚步声，两个人忙循声望去。随着脚步声音的临近，小婉拎着一个大布包出现在走廊的尽头。

语蝶赶紧跑过去接过小婉手里的布包："嫂子来得真快，刚才还在家里呢，这会儿工夫就到了。"

小婉一边喘着粗气向里张望着，眼睛一边看着依然坐在那里的振天："都是你大哥呗，我给凌蝶准备了些东西，也不知道带齐了没有？刚搬家不长时间东西乱放，也不知道哪儿是哪儿了！忙得脚打后脑勺的，急三火四跑下楼，打车就来了。"

小婉走到振天身边的椅子上坐了下来，打开大包，用手指着包里的东西给语蝶一一介绍着："这是小孩子的小被儿，妈说一着急忘带来了；这是孩子生下来要穿的小毛衫，我前几天买的；这是我给凌蝶现煮的鸡蛋，怕她生完孩子没力气，出来是要马上吃的……"

语蝶感激地望着眼前的嫂子，流着眼泪："还是嫂子心细，我也不懂这些，谢谢嫂子了，快点先坐会儿吧。"拉着小婉的手，两个人紧挨着坐在了一起。

振天站起身看看包，看看小婉，“哼”了一声，后眼角的上眼皮搭在下眼皮上：“就拿这么点东西就来卖乖？”

“别瞎掰掰，不懂就别乱说，生孩子也就是这几样东西了，还要啥呀？想整个金砖带来用得上吗？”小婉抬起头面带笑容地将脸转向振天的方向，娇嗔说道。

“你不是过来人嘛，再说了，我一个大老爷们，哪懂得这些啊！”振天边笑边来回踱动着脚步。

夜深了，凌蝶进入产房已经近四个小时，三个人焦急地在产房门前等待着。

产房的门终于打开了，医生急切地说：“雷凌蝶家属，孩子生了，脑子里有积水，肺里也有，咱们做过了抢救，不过咱们医院是不行的，要想要这个孩子得赶紧转到儿童医院。不过费用特高，救过来的希望也很小。转不转？赶紧决定！”医生的话仿佛晴天霹雳将三个人都震呆了。

语蝶望着振天，泪水夺眶而出：“姐可是一直在盼着这个孩子啊，咋成这样了？”

振天忙转头吩咐小婉：“你快点回家取钱，明天我给你。”转过身对医生说：“咱们要，救！”振天的手指向空中用力挥动着。

救护车凄厉的警笛声音，打破了夜的寂静。车顶上炫目的蓝色警示灯急促地闪烁着，在黑夜中显得更加刺眼。

救护车里，语蝶望着那个弱小的生命一路在心里祈祷着：

小小的你呀，一定要坚强地活下来，千万不要放弃生命，那生命不只是你一个人的。你没有权力放弃，知道吗？要记着小姨的话，好好地活下来！坚强地活下来！你是你爸爸唯一的根，你是你妈妈期盼了好长时间的希望，你要是走了，你就是一个不负责任的小孩儿。要活，要活，一定要活下来！知道吗？

急诊室里的医生走了出来："这孩子现在属于并发症，心衰、呼吸衰竭、大脑缺氧，长得又这么小，也可能是早产儿，活下来的希望不大，即使侥幸活下来也可能是个不健康的孩子，也就是脑瘫儿，你们家里一定要做好思想准备，咱们也只能尽力而为。"

"大夫，求你了，一定要让他活过来，让他健康。求你了！求你了！他爸爸刚死了不长时间，就这么一个根啊。"说着扑通一声，语蝶跪倒在地上。

医生伸手扶了扶语蝶："快起来，快起来，咱们也只能是尽人事，听天命。不知道有没有能力把他救活，也不知道能不能是个脑瘫儿，你们家人自己做好心理准备吧。"说着转身走入急诊室。

语蝶坐在地上茫然地看着周边的一切，医院里的一切好像都在摇晃着。外面不时传来的声音好像在提醒她是活着的，就如她的脉搏在跳动，只是偶尔会停止。

此时，小婉带着钱急匆匆地赶到医院，跑到语蝶身边用力地拉语蝶起来："你咋的了？是不是孩子不行了？到底能不能活？"

语蝶被小婉拉了起来，用力睁大眼睛软软地躺在了小婉怀里：“不知道啊，嫂子。医生说活着也可能是个脑瘫儿，快点和大哥商量一下吧，咋办呢？”

小婉也哭起来：“哎，这家人家可真是贫贱夫妻百事哀呀。荣轩死了，还留下了一个要账的鬼。一个脑瘫儿要了有啥用？还不如死了，以后好让凌蝶重新找一个人家，再生个好孩子。”

语蝶擦了擦眼泪：“那也不能眼见着孩子死在咱们面前哪！我去给大哥打电话，你先在这里看着。”语蝶撑起身跑了出去。

电话那边传来振天的声音：“救，不管咋样，就是脑瘫儿也是凌蝶的命，咱们也无愧于心了，让你嫂子拿钱。凌蝶这边也从产房出来了，没啥事，我也不知道都应该咋办好，你让你嫂子先到这边来，我过去和你看着孩子。驹治刚来了，要去你们那儿，我没让去，让他回去了，一个大老爷们啥也帮不上，也不能让他和咱们一起熬着不睡觉吧！咱妈有病的时候都是人家拿的钱，人家出的力，这回有哥呢，咱不怕！”

“嗯，谢谢大哥了。”语蝶哽咽着应答了一声，放下了电话。

凌晨一点，早春的夜晚还残留着冬的余威，空旷的大街上，被冷风打得瑟瑟发抖的语蝶一路泪水地跑着，心里充满着感动和希望。

42

孩子救治无效埋在山里

窗外下起了小雨，雨滴敲打在窗棂上，在玻璃上缓缓地汇流成一道道弯曲的水流儿向下流淌着。

凌蝶躺在床上呆呆地看着小婉，没有多问什么，小婉也呆呆地看着凌蝶。

凌蝶心里被一股不祥的预感笼罩着：为啥会这样呢？别人生完了孩子就放在妈妈身边的小床上，可我的孩子为啥还不来呢？生下来后没有清楚地听到他的哭声，医生还说给孩子憋够呛，不会哭也不会动了，是不是孩子真出啥事了？他要是真出了啥事我可咋办呢？难道我的命就真的这么苦？老天啊，我求你了，可别再折磨我了，我受不了了！凌蝶的眼泪流了出来。

“凌蝶，月子里是不能哭的，这样以后眼睛该不好了，来，先吃点鸡蛋壮壮力。”说着小婉把早已剥好的鸡蛋从保温桶里拿了出来。

凌蝶看了看鸡蛋，又看了看小婉的脸，轻轻地晃着头：“先不吃，我不饿。”

“别上火，该吃也得吃，身子要紧。该来的早晚会来，该去的也早晚会去，孩子死了你还不活了？”小婉边用食勺捣碎鸡蛋边看着凌蝶说。

凌蝶重又用呆呆的、疑惑的眼神望着小婉，声音无力而低沉：“刚在产房我看到他手动了。”

“哎，你就是想不开，荣轩不在了，孩子要是真的救不回来，证明老天也想让你重新走一家，没孩子没崽的，走一家也容易。可别想那么多了，回头把自己再弄病了，自己难受不说，不也给咱们添乱嘛。现在爸妈还不知道这边出了这么大的事了呢，要是知道了再生病，咱们得累死。来吧，快！吃点，听嫂子的，嫂子知道你现在身子虚，得补补。”说着小婉又拿起了刚刚捣碎的鸡蛋递到凌蝶的嘴边。

“我不吃！孩子要是死了，那我也去死好了，省得给你们添乱！”凌蝶语调高亢而又无力地大声叫喊着，重重翻过身子，背对着小婉。

小婉一脸憋屈地低声号了起来：“这一夜了，我一直来来回回地跑，这没有功劳也得有苦劳吧。出着钱、出着力，你还这样对我，自问我也没干啥粘帘子的事，这得多会儿能有个头儿啊？”

“谁用你的钱了，我生孩子的钱是荣轩留给我的，我有！”凌蝶也看着小婉哭泣着叫喊道。

小婉瞪大眼睛盯着凌蝶的脸语重心长地说：“你知道儿童医院一天要多少钱不？一天就得好几千哪！那可是我给你出的，死活还不知道呢？要是死了还好，活着可是个傻子！”

“我的孩子不会死的！也不会是个傻子！你给我滚出去！你快点滚出去……”凌蝶歇斯底里地冲着小婉喊道，把头深深地埋在了枕头里，用手死死地扣着枕头的两侧放声痛哭。

小婉放下了手里的鸡蛋碗，慢慢走到病房门前，轻轻推开了病房的门，边走边哭着说：“我先出去待一会儿，我不走，就在门口，有事你叫我。”走到门外重又轻轻地关上了病房的门，疲惫不堪地靠坐在医院走廊的长椅上闭上了眼睛。

在离城市不远的小山上，树光秃秃的枝丫无力地伸向天空，到处还是一片枯萎的荒草，在春寒料峭的冷风中瑟瑟摇晃着。

语蝶一只手托着孩子的头，将孩子的脸面对着自己的脸，抱着孩子悲恸地哭泣着：“宝宝呀，你才来到这个世界三天就走了，还没来得及睁开眼睛看看这个世界啊，你的命咋这么苦？你来这干吗来了？难道就是为了让咱们祭奠你一下？你还这么小，小姨舍不得把你一个人留在这里啊，这里晚上可黑了，没有路灯，也不会有人过来陪你，天冷了也不会有人给你加衣服，你饿了也不会有人给你准备吃的，只有你自己好好地照顾自己了。”语蝶不停抚摸着孩子的脸。

此时振天和驹治已经挖好了不到一米深的小坑，眼见语蝶悲伤的样子，他们也流出了眼泪。

小婉也一脸泪水地催促着：“语蝶呀，可别太伤心了，这几天咱们都累坏了。要是再这么哭下去，咱们也够呛，听嫂子的话，把孩子放这里吧！人死了是要入土为安的。”

“来吧，语蝶，把宝宝放在这里，他也有了自己的家了，听哥话，快来。”振天伸手要抱过孩子。

语蝶紧紧地将孩子搂抱在自己的怀里，恐惧地看着振天的脸一点点向后倒退着，转过身子哭喊着：“这可是姐的骨肉呀，我舍不得把他就这样放在这里。姐还没看看她的孩子长啥样，还没听过她的孩子叫一声妈啊。哥呀，咱不把宝宝放这儿好不好？哥！”

振天也流着眼泪：“语蝶啊，快听哥的，落叶还得归根呢，宝宝是要住在这儿的，别的地方去不了。快，听哥话。”说着伸手抢过语蝶怀里的孩子，放在了挖好的坑里，驹治和小婉为孩子填起了土。

语蝶冲过去两只手用力地将驹治和小婉往后拉开，俯下身去，将刚刚填在宝宝身上的土快速向外扒着。

振天一把拽开语蝶：“快起来！”语气生硬而坚定。

语蝶看着振天哭喊着：“哥呀，你就让我再看看宝宝吧，哪怕让我再看看他的样子，记下来讲给姐姐也好啊！”

振天紧紧拉着语蝶说道：“你不许再过去了，听着没！”

语蝶小声哀求着振天：“求你了，大哥！就让我再替姐姐看一眼。”

振天死死拽着语蝶声音严厉地叫道：“不许过去！”

语蝶远远地望着湿润的泥土一点点掩盖着孩子小小的身躯，哭倒在地：“宝宝呀，你就在这儿好好待着吧。小姨会常来看你，你在这里要乖，要听话，就和这里的小树、小草、小花好好作伴吧。等来世再不要做人了，做人苦啊，做人太难了……”

语蝶走过去，在那小小的坟前栽下了一株小小的柏树，擦去眼角的泪滴：“宝宝，你要坚强，要像这棵小柏树一样，在哪儿都能长大，虽然它也小，但它坚强……”语蝶擦了擦眼上的泪水，缓缓站了起来，对着小坟深深鞠了一躬，振天、小婉和驹治也对着那座小坟深深鞠了一躬。

振天驾驶着蓝色的现代车载着三个人驶向了回城的路，驹治紧紧抱着疲惫的语蝶，把语蝶的头放在自己的怀里，心疼地看着她。

语蝶似乎睡了，眼睛紧闭着，很安静，她的心已经留在了那座小山上。山岗上小坟孤零零地凸起在那里，很安静，也很孤单。那里面安静地睡着刚刚来到这个世界仅仅三天的幼小生命，匆匆地来，又匆匆地离去……

此时，天很蓝，云很淡，风很轻……

43

非法集资失利凌蝶自杀

布满灰云的天空异常暗沉，太阳似被闷在厚密的云层里拼命呼吸着，那一股股的热浪似憋在胸腔里许久的叹息，偶有一丝轻风吹过也会裹挟着沸腾匆匆忙忙地离去。

无法入睡的语蝶眼望着被一连串打击伤得体无完肤，在梦里也会时常呓语的凌蝶默默地流着泪。

凌蝶瘦了，吃饭好像不是她的事，呆呆的眼神里充满了对世事的恐惧。语蝶知道，在姐姐的生命里，这将是无法抹去的记忆。

"荣轩，我恨你，我恨你，恨你！你走了，为啥把宝宝也带走？宝宝，你回来了？快，别躲了，妈妈在这。快让妈看看……"睡着的凌蝶伸着手臂做环抱的动作，憔悴而消瘦的脸上漾着幸福的笑容。

"不，不，不是的，不是！不是……"凌蝶大声哭泣地叫喊着，那张消瘦的脸又恐怖地扭曲着。

听到凌蝶这样的叫喊，语蝶知道她又梦到姐夫在说宝宝是个傻子，留在这里会让她更痛苦的话了。急忙伸手轻轻拍了拍凌蝶的脸，又将自己的脸贴在了凌蝶的头上："姐，姐，快醒醒，快醒醒，你是在做梦。没事了啊，没事。"

凌蝶睁开了疲惫而又呆滞的眼睛傻傻地看着语蝶，半晌才轻轻地哭泣着，用那只可以清楚看到骨骼的手无力地摸着语蝶的脸问道："我活着有意思吗？"

语蝶也无法抑制自己的泪水，心疼地把凌蝶抱在自己的怀里轻声安慰："姐，活着当然有意义呀，爸和妈那么爱你，那么疼你，你就忍心让爸妈难过呀？爸都瘦了，妈还病着，也成天担心你，你不快乐他们比你还难过。不仅要活，还要好好地活着。"语蝶拿着纸巾轻轻擦着凌蝶脸上流出来的泪水，也轻轻给自己擦了擦。

凌蝶的眼窝深陷，眼睛大大的，无力地睁着，无神而呆滞地盯着语蝶的脸。

"谁都有快乐的时候，也会有痛苦的时候，哪能永远都痛苦呢？还记得小时候我问过你：姐，你对我咋比对振宇好呢？是不是我长得美呀？你说：你才不美呢，你是臭美！你像个小鬼儿似的。当时我可害怕了，感觉自己就是个面目狰狞的小鬼儿，躲在墙角里紧张地四处张望，感觉满屋子里都是鬼。你拉着我的手说：小笨蛋，哪里来的鬼呀？要是真有鬼的话咱们还能活呀？可是不管你咋说我心里感觉一定有鬼。打那以后你就成了我的守护神，白天我成天出去玩儿，玩儿着玩儿着就忘记了天黑我不敢回家的事，我是不到天黑不回家啊，一到回家的时候心里就害怕，一路的往家跑。不管离家多远都是一边跑、一边哭、一边大声叫你：姐呀，姐，姐，我回来了。姐，快点给我开门！快点给我开门啊！你在哪儿？好像小鬼就在我身后紧跟着我似的。你也总是急匆匆地跑出家门，拿着手电筒给我照着亮儿，一边往前走，一边还大声地回答我：我在这呢，语蝶。慢点！别跑摔了。姐看着你呢！姐在这，姐来接你了。当时我就一下子充满了希望，心里想：我死不了了，姐姐在保护我。那你说当时我要是死了，你会啥样呀？”说着把脸贴在凌蝶的脸上，手握着凌蝶的手。

凌蝶慢慢转过脸，用无神而又怜爱的眼睛呆呆地看着语蝶：“那姐得难过死，你小时候胆子就小，我还爱逗你，逗完你看你害怕的样子还后悔。”凌蝶轻轻抬起手放在语蝶的脸上。

语蝶的脸紧贴着凌蝶的脸，大颗的眼泪从语蝶的脸上一直流到凌蝶的脸上。

凌蝶继续说着：“你心眼儿小，想不开。现在不也好了，也不用我给你照亮儿了，干啥都比姐强。姐也没那个能耐了！”凌蝶慢慢闭上了眼睛，眼泪又流了出来。

语蝶将凌蝶从怀里拉开，用双手轻轻捧起凌蝶的脸，眼睛盯着凌蝶：“姐呀，哪有过不去的坎儿呢？小时候你看我像个小可怜似的，现在不也好了。一天就得有早晚，晚上就是月亮和星星，天黑了，就得睡觉。等白天的时候就会有太阳，就得工作，干活。谁老工作也会累的呀，不能总是晚上，也不能总是白天。”

凌蝶望着语蝶，脸上的肉皮向下低垂着，刚刚垂落的手又轻轻抬了起来，摸了摸语蝶的脸“哼”了一声，无力地露出了浅浅的笑容。

凌蝶一路急匆匆地大步往典当行走，一路寻思着，自己就要上班了，先给爸妈取点钱出来。爸爸最近因为自己的事好像又老了许多，取点钱出来爸会高兴的，虽然大哥和语蝶常给家里钱，但爸是一个花自己的钱比花别人的钱舒服的人。荣轩留下来的钱除了留一些准备生孩子外，剩下的也都存在了这里，这回把钱取出来就可以还大哥和小婉了。

典当行的门前聚集了很多人，来往的马路旁有很多车辆堵在那里，车隙中有几辆车在车辆和人群中艰难地前行着。马路牙子上聚集的很多人在一起吵骂着，坐着的一位白发苍苍的老人一边抽搐地哭泣一边大声叫骂：“这到底是个啥东西呀？听说昨天还能存取钱呢，咋一夜之间说黄就黄了呢？老板到底跑哪去了？这可是一辈子的血汗呐！”边说边用手狠狠地捶打着自己的大腿。

旁边人的脸上也满是泪滴，此时典当行门前好似正在做遗体告别仪式的殡仪馆充满了人们的哭泣声，夹杂着无奈的叹息声与愤怒的咒骂声。

凌蝶呆呆地望着眼前的情景，身体重重地靠在了路旁的杨树上，两眼直直地看着手里的合约，那哭声、叹息声、咒骂声以及一切声响仿佛都逐渐离她远去，一切景物也变得如青烟般缥缈虚幻……她的身体一点一点地软了下去。

凌蝶缓缓地来到山上，眼神呆滞地望着被青草覆盖的小坟，任泪水流淌在毫无血色的脸上，她慢慢俯下身子，一棵棵采摘着地上的野花，无力地放在小坟前。燃起了一张张通往冥界的纸钱，燃尽的纸灰随风飘动着旋转而上，和着立秋萧瑟的风声似群魔伴着凄凉哀伤的曲子在跳那祭魂的舞蹈。凌蝶已经放飞了手中所有的“纸钱”，缓缓站起身，眼睛牢牢盯着小坟一刻也没有离开。她上前迈了两步走近小小的坟冢，深深伏下身子，轻轻抚摸着小坟上的青草，左右转动着，似在审视那已经梳理完毕的头发是否整齐。

此时的风很柔，被风吹过的小草有秩序地排列着，迎着风有节奏地弯着身躯，好像是宝宝在对着凌蝶说：妈妈，你梳得真好。

凌蝶哭着笑了，顺着山间的小路趔趔趄趄地来到最高的山顶，凌乱的头发在风中飘动，空洞的两眼茫然地环顾着山脚下激流澎湃的大海，脚下每一朵浪花的掀起都像是在对她呼唤着：“来吧，张开你的臂膀，投入我的怀抱，我已经等了你好久、好久了。”

凌蝶倒退了几步，山顶的树木随着风的拂动飘落了几片绿叶，那树叶好像在无奈地述说着：咱们不愿走，是风要把咱们吹落；脚底下漫山遍野的蝴蝶般的兰花仿佛一群群列队而出的蝴蝶正在轻轻飞舞……

风吹过，似带来遥远的呼唤，凌蝶仔细倾听着，朝着大海的远处注目凝望着。顷刻间，凌蝶的脸上洋溢着幸福的笑容，她大声呼喊着：“荣轩、宝宝，你们一直都在这呀？我都找你们好长时间了，这回我不用时常来这了，我要和你们住在一起。”凌蝶张开双臂，奔跑着冲向了大海，轻轻飘起似凌空飞舞的彩蝶。

44

语蝶怀孕淑芝担心意外

“亲爱的爸、妈：你们看到这封信的时候，我已经去了，请不要为我难过。不知道我到底会去哪？但是我想我不会去好地方，因为是我害了你们。你们的钱没了，真是所有的家产血本无归，我是罪魁祸首！我没脸再见你们了，那地方咋就黄了呢？为什么能黄呢？都说好的人为什么也会骗人？我知道错了。我错了，我真的错了，不应该相信人呐！以后我不来做人了，我太累了，太累，太累了！我去找荣轩和宝宝了。再见了！我所有的亲人们！！！！！！！！！！！！凌蝶绝笔！”

语蝶哭泣着看完凌蝶的信赶紧打电话给振天，两个人一路呼唤着凌蝶的名字，急匆匆地赶到小坟前，只看到了被火燃过的纸灰已经被风吹得四处飘落，草地上残余下重重的一抹黑灰，好像是彻底绝望后的一丝丝呐喊。

语蝶哭泣着大声叫喊：“姐呀，姐！你咋那么傻！你咋就那么傻！你在哪呀？你到底在哪……”猛抬头望着山顶，想起姐姐说过要是能自由自在地在天空中飞该有多好！大声叫喊着：“不要啊，不要！不要！不要啊……”一路狂奔着冲上山顶。

振天也好像意识到了什么，跟在语蝶身后也边跑边大声叫喊着：“从小就你傻，你是真傻呀，你都傻透腔了！钱，大哥有呀……”

经过黑夜洗涤后的天空泛起了鱼肚白，在小坟前瘫坐的两个人疲惫地对视凝望着。此时，小婉与驹治匆忙赶来。

小婉看着振天大声叫着：“你妈和你爸都让咱们送医院去了，还好都没啥大事，现在都在家呢。给你们打电话说啥也接不通，快点回家吧，别一会再出点啥事又岔劈了！有钱非得放那儿，傻子都知道，那么高的利息能是真的嘛？猪脑子呀，用脚想也能想出来啊！这一天啊事儿不断！头都大了！有事大家想办法呗，非得想死！也真是傻呀！”小婉边哭边数落着。

振天忙瞪着眼睛狠狠地问道：“爸妈他们是咋知道的？是不是你瞎嗤嗤的？你个傻狍子，成天胡嘞嘞，你除了会捅娄子，还会点啥？你就是个成事不足败事有余的玩意儿！挨剋没够的东西，你是不是挨剋没够吧！？”边说边快速站起身直奔小婉跑去。

驹治忙站在两个人的中间，伸手拉住振天。

语蝶嘴唇哆哆嗦嗦地说：“完了，是我把那封信顺手扔在地上了。”挣扎着站起身往山下跑，四个人急忙往家里赶去。

雷鸣和艳秋两个人抱在一起哭泣着，艳秋边流着眼泪边用不是十分清晰的语言断断续续地哭述着：“这——个——傻——凌——蝶，咋——这——傻？太——傻——了！钱——和——命——啥——重——要——啊？”

雷鸣也哭着轻轻拍打着艳秋的后背："钱啥也不是啊，你咋就舍得让爸妈到老了没有你？这可是白发人送黑发人呐！你太狠了！忤逆呀，你太狠了！你太狠了！"

艳秋无力地躺在雷鸣的肩膀上："是——我——错——了、是——我——错——了……"

雷鸣抱着艳秋用哽咽而又无力的声音安慰着："艳秋啊，咱就别哭了，都过去了、都过去了，孩子兴许是享福去了？她活着也真是太累了，就让她好好地休息吧！咱就别打扰她了。"

艳秋看着雷鸣磕磕巴巴哭泣着说："打——小——一——点——点——带——大，我——掉——的——肉——啊！"

雷鸣边给艳秋擦着眼泪边安慰着："她打小就懂事，带孩子、洗衣服、做饭，吃了不少苦，真是一辈子也没享着福！这回真享福去了。"雷鸣也擦了擦眼泪。

艳秋转过头望着窗外，好像在与凌蝶说，又好像是在对自己说，也像是说给雷鸣听："妈——不——要——钱，妈——要——你——呀！你——咋——那——么——狠——心？你——太——狠——了！你——太——狠——了！你——太——狠——了！"无力地捶打着自己的胸口。

雷鸣把艳秋从肩膀上扶了起来，看着艳秋的眼睛："咱们可不能再有点啥事了啊，艳秋。咋也得给孩子们一个喘息的空儿？这段时间语蝶和振天也都累坏了，咱可别闹了，孩子们就要回来了，可别让他们再操心咱们了。噢，听话，艳秋，咱不哭了、咱不哭了。你再犯病可真的是不让孩子们活了！"雷鸣颤抖着的手一遍遍给自己和艳秋擦着脸上的泪水。

不期而至的冬，总是在人们对秋意犹未尽时来到人间。

语蝶静静地对着镜子看着自己已经怀有两个月身孕的身体，左右转动着身子。肚子时而挺起放松，再挺起放松，嘟起嘴，眼睛眨动着，将双手的食指放在眼角用力向下拉着，放松嘴角后嘴形呈现向上凹起的样子，无力地咳嗽两声。恢复常态的语蝶将手放在肚子上，低下头轻轻抚摸着自己的肚子。

驹治开门走进屋里："咋了？肚儿疼？"

"没有！"语蝶用力眨了两下眼睛，慢慢走到床边坐了下来。

驹治将脸凑过去，与语蝶面对面，盯着语蝶的眼睛："那咋的了，再不说我拿你痒痒肉。"

语蝶用眼角夹了一下驹治，晃了晃头。

驹治瞪大了眼睛："还不说是吧？好，开始！"说着将手放在语蝶的腋窝下。

语蝶迅速站起身，红着脸咯咯地笑着："你是不是故意的？"

"啥呀，没头没脑的。傻样！"驹治伸出手指刮了一下语蝶的鼻子，瞪大眼睛满脸笑容地看着语蝶。

"人家有了呗，就是你坏。"语蝶避开驹治的眼神低了头。

驹治大笑着一把抱起了语蝶："真的呀？你太伟大了！我要当爸爸了！？"

"你放下我。谁说要了？得我说生，你才能当爸爸吧！"语蝶边嗔怪着边在驹治的怀里挣扎着。

驹治赶紧把语蝶轻轻放在床上，用一只手托起了语蝶的脸，另一只手的食指放在语蝶的脑门上轻轻点动着，一字一顿微笑着说："必须要！明天早起就去给孩子做健康检查。打现在开始，你的任务是吃饱了就躺着休息！"

语蝶噘着嘴垂下眼帘轻轻地说："你想把我养成小肥猪啊？"

驹治用爱怜的眼神久久地看着语蝶。

良久，大声叫着："妈，语蝶怀孕了！"驹治快步跑了出去。

淑芝忙从自己的屋里走出来，驹治大声又重复了一遍："语蝶有了！"

淑芝瞪大眼睛看着驹治："真的？"

"真的！"驹治点着头，兴奋得左右晃动着身体。

"太好了，咱们张家有后了，快让语蝶趴着，可别动了胎气。"淑芝边说边走进语蝶的房间，见语蝶静静地坐在沙发上，忙走过去满脸笑容地说道："孩儿呀，快进被窝儿里趴会吧，从明天开始咱就不去上班了啊，家里也不指望你那点钱。"

语蝶也笑笑说："没事呀，妈。上班也不干啥活，对孩子没有啥影响的，明天检查完身体我就去上班。"

"那可不行，咱家语蝶现在是双身板儿，宝贝着呢。"淑芝怜爱地看着语蝶，伸手拿过语蝶的手，另一只手轻轻摸了摸语蝶的头。

语蝶红着脸："没事呀，妈。我会照顾好自己的，妈就放心好了。"

淑芝转过头看了看驹治，回过头又对语蝶说道："那现在先趴趴。"边笑边松开了语蝶的手，走到驹治身边看了驹治一眼，走出了语蝶的房间。驹治跟着淑芝的身后也走了出去，轻轻带上了房门。

来到门外，淑芝趴在驹治耳边，手放在驹治的耳朵旁耳语着："可不能让语蝶再上班去了，这要是有点啥闪失，我的大孙子不就没了吗？"说过后用手重重拉扯了一下驹治的衣角。

驹治笑着看着淑芝："妈，你就让她上吧，她上班也没啥事儿，在家也待不住啊。"

淑芝很严肃地又趴在驹治的耳边耳语着："你可要知道她姐姐可是生个傻儿子呀！"

驹治的脸沉了下来："你可别乱说了，那是她姐，和她有啥关系啊？再说了，明天就给孩子做检查了，咱家又没啥遗传史，哪来的那么多事儿。"说着转身走进自己的房间。

淑芝看着驹治的背影走进屋里后，也静静地回到了自己的屋里。

45

振天理票据单位换领导

振天匆匆洗过手，走进自己的书房，轻轻关上了房门。他打开紫檀的柜子，将佛龛两侧的莲花灯燃亮，头脑中不断闪现着学强从三亚回来时，摇动着肥大的头，撇着肥厚的嘴唇说的话："那边的人头脑才活呢，小姐都是世界各地的，什么白的、黑的可全了。哪像咱这边全是清一色的中国妞，你知道那些外国女人都是从哪弄来的不？全都是从收容所里整来的，两头受益。在收容所里待着也不得劲，干这个赚钱还容易，不费帮、不费底的，赌场也比这够档次。这回哥们儿钱是带少了，下回给哥们儿多拿点。几十万块钱够干啥的？就咱带那点钱想在那地儿玩尽兴？"

振天从香盒里小心翼翼地拿出了三根香，想着新来的赵局长这段时间一定会来酒店检查工作。几年来自己都没有上缴过承包费，新来的赵局长和刘处长的关系又非常紧张。刘处长拿自己这里就当取钱的匣子，所有领导来这都没花过一分钱，钱都"进贡"了，自己是刘处长的人全单位的人都知道。酒店的法人又是自己，自己可能是第一个要被开刀的人。

此时，振天已经将手里的香点燃，双手将香举过头顶，恭恭敬敬地礼佛三拜，又慢慢将香高高举起，轻轻将手里的香放在香炉里。振天默默祷告着：“老佛爷保佑，一定让我跟新来的赵局长把关系搞好，千万别出啥事。保佑我，千千万万要保佑我啊。”双膝跪倒在莲花垫上，不断地给佛龛里的观音菩萨叩着头。

振天一个人静静坐在书房，眼睛一动不动地盯着正在燃烧的香，用手撑着脑袋，手指在头上不断弹动着，上眼皮更加深沉地包围着下眼皮，突然起身穿好衣服走出房间。

振天开车来到酒店，走到吧台前冲里面叫了一声：“你过来。”

吧台的服务小姐急忙随着走进振天的办公室。

“你去，把会计给我找来。”边说边低头打开办公桌的抽屉翻找着发票。

服务小姐应了一声：“嗯。”赶紧找来了会计。

振天对站在旁边的服务小姐摆摆手，她很识趣地退了出去，带上了房门。

振天起身走到门口，拉开门向外张望了一下，确定服务小姐已经回到了吧台。轻轻地重新关好了房门：“今天必须把所有的账目给我理平，有票据的全部理齐，没有票据的列出来想办法把账找平。这几天上面就要过来检查工作，不管咋整必须完成，有问题随时找我，哪怕一夜不睡，千万不能出啥事。”

会计紧张地看着振天：“刘处长拿的几回钱都是白条的，

咋办？”

“不管是谁，都给记在他个人名下，不是有他签的字吗？”

“有，哪回刘处长在这拿钱我都让他签字了，也不能钱在我手里就丢了啊！”

“好，那就没问题。”

“还有上回咱们收的那张一百万的票据，你说拿出去还款的那张没有拿回来收款收据，咋下账？”

“先走福利费，回头想办法多给人家点税点开发票。”

“今天就把开发票的税点钱和缺发票没回款总金额全整出来，明天早起着重把这事办好。”

会计点了点头……

“咣、咣、咣……”急促的敲门声响起，门外大声叫着：“振天，你小子他妈的在屋里干啥呢？磨磨蹭蹭的！赶紧把门开开。”

振天一听是刘处长的声音，一颗悬着的心终于放了下来，赶紧走过去把办公室的门打开，回头吩咐会计：“赶紧去工作吧。”

会计点头应了一声走了出去。

刘处长进门坐下后说着：“赵局长来了干的第一件事就是先把我这个处长拿下，说是让我去干工会副主席，你知道不？那就是把给我吊起来了，明眼的人一看就知道这不是明升暗降嘛，穿小鞋也穿得太明睁眼漏了吧？”刘处长说话的声音一声比一声高，手在空中不断挥舞着。

46

振宇出狱雷鸣全家相聚

监狱里，振宇一只手拿着镜子照着，另一只手用小梳子慢慢梳理着自己的头发。透过镜子里狭小的空间，振宇观看着窗外的蓝天。今天的天格外蓝，几片白云慢慢飘动着，那么柔软，那么清澈。云朵飘动过后留下了如丝的云线，犹如五线谱和休止符点缀着蓝天。

振宇猛地转过头快速跑到窗前，似乎不敢相信连续几天的风雪天，为自己送别的这一刻却是这么睛好。振宇又对着镜子抬起手理了理自己的头发，左右摆动着自己的尖头，又抬起手仔细地抠了抠两个眼角。

几个狱友看着振宇“呵呵”地笑出声音来。

振宇放下镜子扬起了眉毛向上翻了翻深挖进去的三角眼：“羡慕啊？哥就像胡汉三一样，可是终于等到这一天了，但有一点不能像胡汉三，就是又他妈回来了。”

大家“呵呵”地笑着。

“哥真长脸了，四个角都给我我也不回来了！”振宇笑着，用力将食指向上点着。

几个狱友边笑边帮着振宇背起了布包。

振宇看着大家挥了挥手："我所有的好哥们儿，这几年咱哥们儿在这处得不错，这回我走了，等你们出来的时候要是哥们儿还成，有事找哥们儿一定不打锛儿，打锛儿就不是我雷振宇。我可真走了，在外面等着你们！转过身我可一辈子不会再回头！不许和哥说再见。"转头大踏步朝大门走去。

振宇真的没有回头。

远远的，雷鸣、艳秋、语蝶、振天、驹治、小婉、小情拉着小凤在监狱大门外等着，振宇加快了步伐，微笑着流出了眼泪。

驹治和语蝶迎上前去，接过振宇的包,齐声叫道："二哥！"

振宇拍了拍驹治的肩膀："好小子，我这个老妹子从小就是咱家的宝，最后让你给拿下了，有样！不过二哥也得谢谢你，要不是你救妈，咱家那时候还真不好混。"

驹治笑着摇了摇头："应该的，应该的。"

振宇慢慢走到了雷鸣的面前，"扑通"一声跪倒在地上，流着眼泪将头靠在了雷鸣的腿上："爸，你受苦了！做儿子的真没有脸面见人呐！"

雷鸣弯下身子，一只手拉着振宇一只手擦拭着脸上的泪水："爸还行，爸还行，还干得动，这不是身子好好的嘛。快起来，快起来，别哭。这几年你也受了不少罪，爸也对不住你啊。"

艳秋充满泪水的眼睛一直也没有离开过振宇的脸，手一直放在振宇的头上不停抚摸着振宇的头发。

振宇起身一把抱住了艳秋，用力擦了擦自己的脸：“妈，都过去了，都过去了。这回儿子回来了，啥也不怕了。都过去了，都过去了。”为艳秋轻轻擦着眼角的泪水。

振宇抱起小凤看了又看：“还行，不砢碜。”回过头看着语蝶：“二哥知道欠你的，你结婚二哥也不在家，也没看着你穿上婚纱，你生孩子的时候哥也担心了，一直想着，哎，二哥这心里不好受啊。”振宇的泪水又流了出来。

语蝶擦了擦振宇脸上的泪水，也擦了擦自己脸上的泪水：“没事的二哥，我都好，我都好，在驹治家我好着呢，生小凤也顺当的。就别再提姐的事了，回头爸妈听着又要难受了。以后好好地活出个样儿来，欠妹子的，一定想办法给妹子补上啊。”说着晃着头，拍了拍振宇的肩膀。

振宇也笑了：“没问题，二哥回来了，以后有事就是二哥的。”看了看小凤，又回头看了看语蝶：“这要是长得像咱家语蝶那可没谁了。”冲着站在旁边的驹治说。

小凤转过身子看着语蝶怯生生撇起了小嘴喊了声：“妈妈”。

振宇笑了笑赶紧放下小凤：“完蛋玩意。”

小凤急匆匆地跑到语蝶那里，语蝶轻轻抱起了小凤，对振宇笑了笑：“二哥啊，她也没见过你，还有点认生呢。”又怜爱地对小凤说：“宝啊，乖，快叫二舅！他可是你亲二舅啊。”

小凤细声细气地叫了一声“二舅”，就紧紧地搂着语蝶的脖子，把小脸儿趴在语蝶的肩膀上。

振宇开心地大声答应：“唉！”

小情看了看振宇“呵呵”地笑了。

振宇也看了一眼小情：“傻笑啥？你咋一直没叫二叔呢？”

小情连忙叫了声：“二叔！”

“唉！”振宇连忙又大声答应小情。

大家都“哈哈”地大笑起来，欢快的笑声惊起树枝上歇息的鸟群，雨滴落处，几只正在树根处啄食的鸟儿扑棱棱飞上了云端。

雷鸣家，小凤把小情按在床上不时大笑着，一会儿跑过去抱抱雷鸣，一会儿又跑到艳秋身边抱抱艳秋。小情也有意逗着小凤在炕上来回跑着，一会抱抱这个，一会抱抱那个。小情抱谁小凤就会跟着跑过去也抱抱那个人，好像不抱就吃亏了似的，抱完了以后还会朝着小情抿一抿小嘴噤噤鼻。

雷鸣和艳秋两个人满脸幸福，笑眯眯地一会儿看看这个，一会儿看看那个。

振宇转过头：“哥呀，我想找个工作，早点儿上班，这要是搁家里待时间长了，街坊四邻看着也砢碜不是。”

“先不急，等哥稳当的，现在刚换的头儿，哥还不能十分把握他的秉性，等哥慢慢来，把他秉性全摸清，到时候再帮你找工作。”振天轻轻拍了拍振宇的手背。

振宇将酒杯端举到振天面前：“嗯，我知道。哥，我懂。”

振天也举起酒杯，两人喝了一口，轻轻放下了酒杯。振天看着振宇接着说道：“这要是刘处还走字没被挤兑，这个局长不来的话，哥现在应该老好使了。哎，刘处刚被这个局长排挤掉了，要不是哥手疾眼快、处理得当，早底眼了，哥正在重新站队呢。你先等等，缺啥，哥这现在都有。”振天把手举起来扬了扬。

振宇看了雷鸣一眼，眼睛里饱含着泪水：“别，我现在啥也不要，就想让爸看我挣点干净的钱，能养活他，他不上班了就好了。”

雷鸣欣慰地看着振宇，声音有点嘶哑：“振宇呀，也别总担心爸，最难的时候都熬过来了。现在不是强多了嘛，俺和你妈平时吃不了啥，你大哥和语蝶给的钱咱俩都没花呢，哪还能要你养活呢？你也受了八年的苦呀。”说着眼泪又流了出来。

艳秋也流着眼泪对振宇说：“不——急，不——急上班——啊，在家——先歇一——阵子，让妈——好好——看看你。”

“妈，这回我好好找个工作上班，将来找个好老婆，看咱给你生个带把儿的。”振宇笑着看了看振天对艳秋说。

艳秋也笑眯眯地点着头。

47

振宇找工作饭店遇狱友

中午，太阳却依然闪着冷冷的光，入冬以来，还没有下过雪。在劳务市场转了一个上午的振宇已疲惫不堪，心情和天气一样寒冷、焦躁。

振宇已经在劳务市场转了十多天也没有找到工作，人家不是嫌他有前科就是说他没有工作经验。想到自己已经近四十岁的人了，还得让七十来岁的爸养活，不禁心酸地想：得了，也不回家了，到附近的小饭店吃碗面，下午接着找，我就不信我没有活干！径直奔街对面的小饭店走去。

饭店里，十几张桌子，每张桌只坐一个人，清一色的一盘花生米一瓶啤酒。

刚进到店里的振宇，立即感觉到店内的空气里弥漫着异样的气氛，心想这些人一定不是好好吃饭的，一会儿非得出事不可，转头要走。此时，就听背后传来一声叫喊："喂，是雷哥吧？"

振宇急忙回过头，看着眼前的人，他愣愣地瞪大了眼睛："嘿，小九，真的是你嘛？咋会是你呀？"

小九也一脸惊喜一瘸一拐地快速走了过来，伸手拉住振宇的手：“雷哥，真的是你呀？我瞧着像你，就冒懵地喊一声，没想到啊，还真的是你！”小九哈哈地笑着，拉着振宇就往里面走。

振宇拉着小九站在原地，看着小九的腿忙问道：“这腿？”

小九拉了拉振宇大笑着：“残疾了呗！不这么整能早出来嘛？快过来和哥们儿待会，唠唠这段时间都咋样了？没想到咱哥们儿这么有缘分，在哪都能遇到。”

振宇望着和自己一起住过监狱，比自己小了近十岁的小九，不禁一阵心酸，才二十多岁的小伙子就这样一辈子瘸下去了。不忍心走出饭店，就跟随着小九坐在了他的身旁，小声问道：“你们这是噶啥呀？咋整成这样了？”

小九把头挨近振宇的耳朵，压低了声音：“是对面的饭店老板雇我们来的，让我们把这家饭店搞黄。天天这么干，都快十天了。”

振宇忙说道：“这样干不好吧，干点正经事多好，这万一要是再出点啥事，不还得回去呀？”

小九笑了笑，洋洋自得地说道：“雷哥啊，你是不是被关傻了？这年头我们这样的哪他妈的还有干正经职业的了？”

振宇看了看小九：“小九啊，喝凉酒、花脏钱早晚是病啊。咋的这样下去也不成，这时间要是长了，不出事才怪呢。”

“雷哥啊，你要是有比这更来钱的活，我就不干这个了，要是没有，我看你都应该干这行。现在这人啊稀烂贱，还想找啥工作啊？那不是扯犊子呢嘛？”

邻桌的一个人冲着振宇气冲冲地叫道：“可别走道迈方步，放你家那四棱子屁了！”振宇转过头看了看那个人，只见他把嚼碎的食物吐到管里，正用手往下顺着。

饭店里的几个人都“呵呵”地笑了起来，大家的目光全部落在了振宇的脸上。

振宇转过头看了一眼又快速转回了头。

小九忙站了起来，冲着刚说话的那个人骂道：“你他妈的是不是挨剋没够？扬了二正的，小猫没眼睛你是不是瞎虎！这是我大哥，在号里全指他罩着我呢。大哥没别的就是‘瓢紧’！甭管多大事就他妈一个人敢扛！小老婆坐南炕我是不给你脸了？”说着就冲刚说话的小伙子一瘸一拐地走了过去。

那小伙子连忙满脸堆笑地站起来说：“误会，误会，我哪知道是咱大哥呀，对不起小九哥，对不起，怪我把屁眼长脸上了。”

小九阴沉着脸扬了扬手对那人说道：“没事别老穷嘚瑟，不管噶啥得会瞧门道，别整个半拉架就他妈的瞎搭茬儿。过来，快他妈的给我雷哥赔不是！”

小伙子赶忙手拿着胃管，走到振宇身旁，弯下腰、抱着拳：“大哥，是小弟错了，裤腰带没眼儿挤不住了，小弟给大哥赔礼了。”

振宇也连忙站起身，伸手扶起那个人，满脸笑容地说道：“没事，没事，不打不相识，大家都是好哥们儿，没事。”

小九将头转向振宇又介绍道："这小子也在道上，为了少打罪吃了几十根钉子，他妈的也有刚。"

三个人笑着将手握在了一起。

48

新年聚会互诉发财之道

新世纪在想或不想中就这么悄无声息地到来，街道上零星行走着的人们各自迈着行色匆匆的脚步赶回各自的家。

2000年，吃过年夜饭的雷鸣一家人守在电视旁看着春节晚会。“爸，快回来，赵本山出来了！”振宇站在厨房门前，眼睛一边张望着屋里的电视，一边朝着小院外面大声叫着。

雷鸣从大门外急匆匆跑进小院：“就这会儿上厕所的工夫他就出来了。不活动活动就得睡着，总是压轴戏。”

“这才叫名人效应呢，要是早早就演完赵本山了，谁还能挺到半夜啊？”屋里面传出振天的笑声。

振宇连忙坐了下来，眼睛盯着电视，笑着说：“老赵这才叫会整呢，没有这两下子，哪能让这帮土包子上台面？”

“得了，老头——子，快点——坐着看。”艳秋也笑笑说，伸手拍拍她旁边的椅子。

雷鸣走了过去，坐在艳秋身旁看着艳秋笑着说：“这个傻老太太，就知道看赵本山，年年等。得病那年也是，还不咋会说话呢，就呆呵地看电视，也不知道她能看明白啥？”伸手掐了一下艳秋的脸颊。

艳秋头也不回地死盯着电视大声骂着："妈的，老东——西。一边——拉去！"用手胡乱地擦着刚刚被掐过的脸，边擦边笑着。

小婉看了看雷鸣和艳秋，一脸笑容地说："本来嘛，演戏的是疯子，看戏的是傻子，疯子遇到傻子了还能咋的？"

振天斜眼看了一眼小婉。

"睡得腰生疼，吃得直反胃，瞅啥啥迷糊，追求了一辈子幸福，追到手明白了，幸福是什么？答，着罪！"电视机里传来赵本山的声音。

雷鸣大笑着，艳秋也笑得前仰后合，满屋子里的人也都哈哈大笑着。

此时就听宋丹丹说："我把老年人分析得那是相当深刻，我给老年人大致分为三个类型，感情失落型、内分泌失调型、老年痴呆型。"

振宇大笑着看着雷鸣："爸就是老年痴呆型，大哥给钱，我也有钱了，还出去折腾。"

"你们的钱俺可不想要，花自己的多得劲。"雷鸣眼睛没有离开电视，笑着说道。

"就你挣那一脚踢不倒的钱还不够我出去吃一顿饭的，你就别再干了得了。累个够呛图意个啥啊？还得让人家说一个处长的爹像个捡破烂儿似的多砢碜。"振天笑着看着雷鸣扬了扬眉头。

“是呀，爸就是有福不会享。”振宇也看着雷鸣迎合着振天。

“老——头子——呀，真别——出去——了。早早——就——去，这天——多冷——啊，冻手——冻脚的。”艳秋也心疼地看着雷鸣。

“俺自己赚的钱干净，花着舒服。”雷鸣的口气略带沉重地说。

“爸呀，你可别总用老眼光看问题了，那都是啥时候的事了，现在人挣钱要是还那样就是傻子。一个时代就得说一个时代的事，该换的不管啥都得换，脑子也一样。”振天笑呵呵看着雷鸣。

“咱爸不是老革命嘛！”振宇拍了拍振天的腿，挺直了腰板一脸严肃地说道。

“就你们干那些事俺是不爱说，都自己慢慢折腾去吧，早晚都得有个教！一个好样的都没有，为啥俺不爱花你们的钱，俺嫌埋汰！”

振天看了一眼雷鸣，语气生硬地说道：“你的意思是我不出来一直在厂子等下岗呗？像现在下岗这帮人似的孩子哭、老婆叫，要啥啥没有，成天怨社会？”

雷鸣一拍身旁的桌子，“噌”地站了起来：“在朝鲜战场上，俺也没怕过谁，因为俺知道俺干的事不埋汰，顶天立地！死也死得干净！”雷鸣走到厨房舀了一碗凉水喝下去，又回到屋里坐下来，声音放低了些：“杀死一个就够本！俺杀死的何止是一个？咱是赚了！到现在也没死。只可惜战场上死了那么多人，哪个说怨社会了？哪个都知道这是为了让后代们更好地活着！要是他们知道他们拼命保住的江山现在落到了一些贪官混蛋的手里，死都不能闭上眼睛！”

“爸，别生气，大过年的。”振宇站起身走到雷鸣身边，赔着笑脸说道。

振天也笑呵呵看着雷鸣：“我错了，我错了爸，不生气了啊。”

雷鸣阴沉着脸，继续看着电视。

“哥，你咋挠得这么快呢？前一阵子还重新站队呢，现在就是处长了？”振宇将椅子搬近振天的身边坐了下来，小声问道。

“那还说啥了！点子正呗。你还记得上回我说和学强上三亚不？那是哥闹心赵局把刘处和他身边的人全拿下了，下一个肯定得收拾我，我就带学强玩去了，连和他说说这些烂屁眼子事。哥也不知道哪辈子积德了，谁知道在那儿歪打正着逮赵局个大线，赶上和他去的那几个老板全是我朋友。哥就赶紧抓住机会把账结了。这人呐，酒一进肚就不服天管了。听说那有洗皇帝浴的，赵局一点也没惯我病，全让我开霍了。第二天也不知道是玩明白了还是玩后悔了，赵局当场拍板儿，告诉我回来后刘处的位置就给我干了。”振天看着振宇眉飞色舞地说道，偶尔斜眼瞟一眼雷鸣。

“那哥这全程下来还不得花老鼻子钱了？那么多人。”

“我那点钱算啥呀！没事。我倒是真想请，那几个老板哪个能不花钱呀，不得抢着花呀！给领导花钱还有白花的？让你请那是给你面子。”

“那刘处干啥去了？还不得气死啊？”振宇急忙问道。

“可别提刘处了，赵局刚来的时候给刘处一个工会副主席，刘处那时还有我们这几个实体还算行，后来赵局把刘处的实体也全拿下了，还说今年的先进就给他，他太辛苦了。刘处当晚回家就气成脑溢血了，话都说不清，赵局带着我们去看刘处的时候，刘处那样才惨呢。赵局一副敞亮的样子，‘得了，忙活了这么多年，辛苦了，也该歇歇了。工会的事我回去就安排别人干，以后单位发啥也不能少了你的，我派人给你送来，待遇不变，安心养病。’这不是干憋气说不出话嘛？哎，这人呐还得结善缘，要不是哥这个人平时交人，这次哥得和刘处一起被拿下。伟人说过要团结一切，包括反对过我们的人。也不知道现在刘处的心里咋想，哎，还咋想能咋的！人都傻了，也真没办法。”振天边说边摇着头。

振宇也摇着头：“哎，刘处这晚景也够可以的了。”

“所以人得识相，顺大势，良禽择木而栖。振宇呀，听哥话，得多结善缘啊！”振天边说边拍着振宇的手，一副语重心长的样子。

“嗯，知道，哥。接过了刘处手里的活后，哥可发了吧？最近还有啥好活儿没？等大哥好使了，也给弟弟分杯羹呗？”振宇一脸崇拜地看着振天，笑呵呵地问道。

振天转过头与振宇面对面：“活儿现在暂时还没有啥，不过倒是真有一件事，哥得求你给办。刘处当初把上头拨来的钱贷款借给别人了，三分利，说好了半年就还，到现在都快两年了还没还呢。哎，一屁股烂事啊！”

“那就赶紧上法院打官司呗。”

“这钱哪能打官司啊，打官司刘处得进去，他进不进去倒是小事，哥也得被牵连。等过完年你一定帮哥把钱要回来，要回来哥给你三十万，但是可千万不能出事。”振天摇摇头无奈地说，抬起手轻轻地从鼻梁上慢慢地将眼镜向上推了推。

振宇的三角眼瞬间亮了起来，不太大的尖头摇动着，大笑着说：“那还有啥说的，这事就交给老弟我了，干这个我是内行。我那帮小兄弟个顶个的强，都打罪出来的，老好使了。小瘸子、插管的、一个眼儿，要账老厉害了，进屋一脑袋就把门撞开，跟头把式地‘作’死他。暖壶、电话、水杯一顿摔，真要是屋里再有点啥值钱的东西，那小瘸子一拐也不是故意地就给他砸了，他能咋的？该迷糊的迷糊，该恶心的恶心，一个眼儿看不清，到处乱摸；插管儿的把管子掏出来顺着管儿直淌汤……这一套下来保管他迷糊。还用收拾他？几天就给他干没电。能出啥事啊，这种事那帮人常干，轻车熟路的。这赶口的活他们肯定爱干，我先替兄弟们感谢大哥了，你就瞧好吧！”

振天笑得前仰后合，张着嘴抬起手指着振宇的脸：“这都是什么东西，可真有你的。”

49

除夕夜兄弟叙旧雷鸣死

已经火冒三丈的雷鸣跳到振天跟前，指着振天的鼻子，脸色青紫地大声叫骂道：“雷振天，你到底是不是共产党员？你对得起党章吗？什么是‘公仆’？你的权力是谁给你的？啥事都敢干，啥钱都想要。皇上买马的钱都敢花！你真是胆大包天呐！你死了啥能带走？你这就是贪赃枉法，偷奸盗财的狗奴才呀！好好的一个国家就毁在你们这帮兔崽子的手里了！”

振宇斜眼看着雷鸣，不情愿地站起来走到雷鸣身边拉了拉雷鸣的衣服说：“爸呀，你真没啥培养价值了，现在的社会就是这样，没钱不好使，谁有钱谁就是老大。又不是就我大哥一个人这么干，现在不都这样嘛！你干啥生这么大气呀？得了，收收吧，回头气个好歹的不是犯不上嘛？”

振天将戴在眼睛上的金丝边眼镜快速地摘了下来，用力地擦了几下眼睛又迅速地将眼镜戴上，身子挺直着，后眼角的上眼角向上尽力地拉扯着，圆瞪着眼睛直盯盯地盯着雷鸣的脸：“我当初要是没有钱的话，早‘底眼’了！现在不干，等以后拍大腿，肠子都得悔青呀！像你可好，干了一辈子，到老了整的啥也没有好？”

雷鸣的气息越来越粗，身体颤抖着，指指振天，又指指振宇，哆嗦着嘴唇却说不出话来。突然转身跑出屋，还没等大家回过神来，雷鸣又急匆匆跑进了屋，手里已经拿了根大棒子，嘴里叨唠着：“俺打死你们这帮败类，好好的一个国家就毁在你们这帮人手里了！”直奔振宇和振天冲过来。

振宇和振天两个人急忙往大门外跑去，雷鸣也追到了院子里。艳秋和小婉急忙过来拉住雷鸣，雷鸣挥舞着手中的棒子怒目圆睁使劲挣脱着，大声叫骂：“你们都给俺滚……”

突然，雷鸣呕吐着大汗淋漓地瘫软在地，用手死死地扣着左胸，蜷着身子，膝盖也往前胸靠拢着。

艳秋大叫着雷鸣的名字，小婉也不停地叫喊着：“爸，爸，咋的了？咋的了？”听到叫喊声的振天和振宇也跑了回来。

振天大声叫喊着：“爸，爸呀，你咋的了？咋这样了呢？这是为啥呀！你快起来打我啊，快点起来打我吧。我求你了，快点，快点，快点呀！快起来打我。”拉起雷鸣的手放在了自己的脸上。

新年的钟声还没有响起，雷鸣就安静地躺在了自家的小院里。辞旧迎新的礼炮似劈裂天空的炸雷，那持久的惊鸿好似正在为雷鸣开启天堂的大门，满天的飞花映着他高大而又伟岸的身躯。

小婉赶紧拨打了急救电话叫来了急救车。匆忙赶来的急救医生只是听了听雷鸣的心脏，做了一个心电图，就无奈地摇了摇头，离开了雷鸣家的小院儿。艳秋呆呆地坐在冰冷的地上，没有眼泪，只是用眼睛直直地盯着雷鸣的身体。

振宇站起身来，不太大的三角眼里充满了愤怒。一把抓住振天的头发将振天拉了起来，大骂着："是你把爸气死了！你活活地把爸气死了！！！"一拳打在振天的脸上。

被打飞眼镜的振天也过来抓着振宇的头发，愤恨地叫喊着："是你，是你把爸气死了，你整天扬了二正的从来就没干过人事。整一帮得儿呵地痞的到处胡混，你就是个地赖。是你活活把爸气死的！"抬起手一拳也打在了振宇的脸上。

两个人你一拳我一拳地厮打在一起。

站在一旁的小婉脸上的肌肉颤抖着，跺着脚叫喊道："是你俩气死的！你俩合伙儿气死的！赶紧去买衣服张罗后事吧！你俩都如愿了！也不能就这么搁地上躺着吧！"小婉气急败坏地说。

接到小婉电话的语蝶，急匆匆地赶到雷鸣家，见大家正在给雷鸣穿衣服。快速向大家扑了过去，边跑边哭喊着："不许穿！谁也不许给我穿！我爸没死，我爸是不会死的！"一把抱住雷鸣冰冷的身体，满脸泪水地看着雷鸣的脸，用力摇晃着雷鸣的身体，将自己的脸紧紧地贴在雷鸣的脸上，用无力的手拍着雷鸣的脸，泣不成声地呼唤着："爸呀，爸！昨天我来时你还是好好的，咋说走就走了呢？你不要你的酒壶了？求求你了，就睁开眼睛看看我吧，求你了，你的酒壶在求你。你就忍心这样离开我嘛？我给你买了茅台酒了，你一辈子也没有喝过。是我上班的钱，是干净的。明天就初二了，我就回来了，我还想和你一起尝尝这酒的味道呢。爸呀，你不是说要和我一起喝点酒儿嘛？长这么大，我还没和你喝过一次酒呢。你答应我了，为啥说话不算呐？我知道你没死，你是在吓我，你快点睁开眼睛吧！你快点呀！快睁开吧……”

左邻右舍听到雷鸣家的叫喊声及哭闹声，也急忙赶了过来，大家拉扯着语蝶不断劝说道：“人死是不能复生的，快让老人家穿上衣服吧，现在不穿等身体僵硬了就穿不上了，听话，快看看你妈去吧。”

语蝶回过神来，赶紧转身看着艳秋的样子，慢慢放下雷鸣的身体，把艳秋的头放在自己的怀里，心疼地大声叫着：“妈呀，妈，你咋了？看看我，快看看我呀！妈，妈，你可不要吓我呀！和我说话，想哭就哭出来吧！妈……”

此时的艳秋好像灵魂已经离开了她的躯体，黑暗中恐怖的旋律压抑着她的呼吸，冷冷的眼神中似要挣脱束缚，而灵魂却又被身体紧紧地捆绑着来回游荡，久久无法离开她的躯体。语蝶抱着艳秋大声叫喊着：“到底是咋了？为啥呀？咋整成这样了啊？爸知道疼妈了，好日子才开始呀！妈还没有被爸疼够啊。”语蝶回过头看着正在给雷鸣穿衣服的振天和振宇，狠狠地骂道：“你俩真不是人！”站起身，吃力地拉起坐在地上眼神呆滞的艳秋，搀扶着艳秋一步步缓缓地往屋里走去。

50

亲戚和朋友为雷鸣送别

清早天还未亮，远道而来被振天安排在宾馆住的亲戚们都早早地赶到了雷鸣家里。葬礼的主持人大声吆喝着拥挤的人们各自尽快就近找车上车，雷鸣家院外的街道停放着各种车辆，在车辆的间隙中满满地站着来为雷鸣送行的人们。

小院里，张景库充满疲惫的脸上，两只哭得红肿的眼睛里依然含着泪水，脸上被泪水滑过的地方似被寒风冻伤的，失去水分的冻肉皱在一起，他用力拉着一夜未睡的振天的手，两眼含泪声音嘶哑地说："老雷可是个好人呐！振天呐，你爸可是个好人呐，一辈子除了倔，心眼比谁都好使。哎……"张景库哽咽着泣不成声。

振天的头四处转动着："嗯，嗯，知道，张叔。别哭了，您老岁数也不小了，也跟着一夜没睡，我代我爸谢您了。"

张景库依然拉着振天的手，充满怜爱地看着振天的脸："你也累了，你爸好命啊，这么多人送他，咋也得几百个吧？"张景库环顾着四周。

振天连声"嗯嗯"着。

“多体面！这得花多少钱啊？有你这样有出息的儿子，他也该知足了！”张景库用手边抹着眼泪边继续拉着振天的手来到门外，指着整条街叫不上名字的车：“看，多排场！这死得也有面子啊。”

振天连声“嗯”着，头四处张望着或应答着偶尔过来问话的人们。

“死成这样子，哎，谁也死不起呀！”张景库继续伤心地哭喊着。

“张叔，我得看看还有啥事，您别哭了。”振天看着张景库的脸，又向四周环顾着。

院内主持人大声叫着：“快，老雷的亲戚们全进院里来，要起灵了。”

张景库爱怜地盯着振天的脸，依依不舍地看着振天的背影慢慢在他面前消失。

殡仪馆肃穆的告别厅里回响着低婉的哀乐，振天一脸泪水地念着悼词：

“爸爸，我想您能听见，直到现在，我都觉得这就是一场梦，但却不得不怀着悲痛的心情向您告别！您的爱，没有山高，却比山更雄伟；没有海阔，却比海更汹涌。不用尺量，需要时间去酝酿。一生甘于平凡的您却是儿女的骄傲，您就这样走了，带走了我们的思念，也带走了我们的遗憾……亲爱的爸爸，您给我的爱只能让我来世偿还！

“我不愿给您穿上那我永远都不想看到您穿的衣裳，可我知道您是累了，您找到了歇息的港湾。从此您将与我阴阳永隔，但情未断。爸，在这最后的时刻，请让我为您燃一支白烛照亮天堂，撒一杯水酒忘记忧伤，在去往天堂的路上不要去喝孟婆汤。请记住您儿子的模样，等着我去找您，来世做个最孝顺的儿郎。”振天摘下眼镜轻轻擦拭着眼角的泪水，又慢慢将眼镜戴上：“

七十一载辛劳毕，四十五年父子惜。
逝者无语久安枕，生者泪襟尤凄凄。
黄庄严，红幡盖，栖霞唱经绕梁外。
南来西去千里路，伴君归处云彩开。

“今天我代表爸爸感谢大家的到来，同时也衷心地感谢前来为父亲送行的诸位亲朋好友！祝天下的父母身体健康！子欲养而亲不待是人生最大的憾事和悲哀，爱我们的父母吧！给他们一个纯净的天空，孝心不要等待！”

伴着悲凉的乐曲和沉痛的悼词，前来为雷鸣送行的人们低着头，垂泪轻泣。随着悼词的结束，雷鸣的身体在振天、振宇、驹治的护送下就要离开告别厅，推入火化室。

语蝶冲了过去，抱着雷鸣的尸体悲痛欲绝地哭叫着：“不要呀，不要，千万不要这样呀，这样我就永远看不到爸了。爸呀，你起来，你起来呀。你快点起来啊！我知道你没死，不能就这样活活地烧了呀！快点起来呀！爸……”语蝶死死地盯着雷鸣的脸哀怨地哭诉着："你说过，在朝鲜战场上，你的战友个个勇敢都不怕死，虽然倒下了，只要有一点力量，就还会站起来与敌人斗争到底。爸，我现在就要你站起来，你站起来呀！你快点站起来吧！爸……"馨雯和兰心死死地抱着语蝶向后拉着。

语蝶拼力挣扎着，声嘶力竭地喊着："你们别拉着我，别拉着我。不许碰我！"使劲地挣脱着馨雯和兰心："我还要和爸爸说话呢，你俩放开我！快放开我呀……"

馨雯和兰心用力拉着语蝶离开了雷鸣的身体，语蝶无力地苦苦央求着："求你们了，放开我吧！我得把爸爸最爱的军功章和他的志愿军证件放在他的手里呀，我小的时候爸就常和我说，等有一天他走了就把这两样东西让他带走。为啥这一天来得这么早啊？为啥呀？"语蝶从兜里拿出一个包裹慢慢展开，哀求地看着两个人。

馨雯和兰心哭泣地看着语蝶，慢慢放开了她，跟在语蝶身后慢慢朝雷鸣的身体走过去。

语蝶含着眼泪，轻轻拿起了雷鸣那一直放在胸前的手，将军功章和志愿军证件放在了雷鸣的胸前，又慢慢地把雷鸣的手放回原处，试着让雷鸣握紧这两样他的最爱。那像冰一样的手就那样放在胸前，语蝶看看雷鸣的手又转过头看看雷鸣的脸，流着泪、哽咽着、轻轻地说："爸，我把你要的东西带来了，你可要保存好啊，爸……"把脸又贴在了雷鸣的脸上。

馨雯和兰心抱住语蝶往外走。

语蝶回过头叫喊着："不要啊，不要啊，爸啊，我的爸啊！

我再也看不着你了！爸呀……”可她只能眼睁睁地看着雷鸣的身体在振天、振宇、驹治的护送下推进了火化室的大门。

乡村的路上开来从头看不到尾的汽车，孩子们在路边张望着。雷鸣所有的亲戚们两人一排一米间隔组成了上千米的送葬队伍，一步一磕头将雷鸣的骨灰送往祖坟。

雷振天抱着汉白玉的装着雷鸣骨灰的骨灰盒，走在队伍的前面。村子里迎接的亲戚早已带好重孝等候在村头一步一还礼……

雷鸣的骨灰很体面埋在了自家的祖坟，在一群旧坟当中，他是那么的年轻，没有一根野草。

51

丧事后振天带艳秋回家

街道上满是燃尽的烟花碎屑，缠裹着地上飘落的雪花一起附着在冰冻的土地上。时不时传来的鞭炮声提醒着人们新年还没有过完。

雷鸣家的大门上早已经除去了还没有贴上去一天的新春对联，雷鸣屋里的炕柜上摆着用黑纱覆盖着的照片。照片上雷鸣那可以洞察一切的眼神依然那么锐利地看着屋里的每一个人，好像他还没有离开他生活了一辈子的小屋。

振天拿出厚厚的一沓钱，轻轻放在炕上，看着依然呆呆的、沉默不语的艳秋，悲凉地对艳秋说："妈，爸是走了，人都会有这么一天的。你就别再伤心了，这钱你先收着。等我回家收拾收拾，你就到我那去住吧，振宇一个人也不能照顾你啥。"说着伏下身去拉着艳秋的手，凝望着艳秋的脸。

艳秋没有回答，睁了睁眼睛，看了看蹲在地上的振天，又慢慢回过头看了看站在旁边的振宇，把头依在坐在她身边的语蝶的肩上，目光中充满了恐惧和不安。

语蝶紧紧地抱着艳秋，用手轻轻摸着艳秋的后背，流着眼泪轻声说："妈，妈，我在这。"

"妈是不愿意离开这里，晚上我和妈睡在这屋里，白天我要是有事，就请个保姆陪妈不就行了，干吗去你那儿！"振宇怨恨地看着振天。

"妈不想离开爸，更不想离开她生活了一辈子的小屋，我先不走，我在这陪着妈，哪也不去。"语蝶哽咽着抬起头，看着雷鸣的照片，眼泪不停地流着。

振天看了看大家，语气中略带沉重地说："我是家里的老大，不管哥做错了啥，我还是你们的大哥。有父从父，无父从兄，不管咋的，得让妈换个环境，在这她看着屋里的每一样东西都会想起爸的，还是换个地方生活会好些。"振天的眼睛落在了艳秋的脸上。

一直站在振天身旁的小婉，伸手拉了拉振天的衣角，眼睛狠狠地斜瞪了一下振天。振天没有理会，依然不停地劝着大家。

振宇用询问的眼神望了望语蝶，语蝶也回望着振宇，两个人好像有了一些默契。

语蝶抬起双手慢慢捧起艳秋的脸，看着艳秋的眼睛轻轻询问道："妈，要不先到大哥家待几天？我会天天到大哥家去看你的。"艳秋没有看语蝶，也没有看屋里的每一个人，依然沉浸在自己的世界中默默无语。

语蝶抱着艳秋，看了看振宇，又看了看振天，回过头用询问的目光盯着驹治。

驹治看着语蝶说道："要不你先别上班了，让妈上咱家吧。"

振天连忙摆着手说："不行，你家是和老人一起过，妈过去会很不方便的，再说我是儿子，有儿子哪能去女儿家。只能到我家，你们记得常去看看妈，多和妈说说话就行了。"

语蝶委屈地看着驹治，把艳秋抱在自己的怀里。

振宇看了看振天，又看了看语蝶，伤心地说："都是我不好，我要是有个老婆，像个家一样，不是孤家寡人，妈和我在一起是最幸福的，咋的也是自己的窝儿呀，总比到别人家好。"说着慢慢闭上了眼睛又慢慢地睁开："哎，行了，那就先这样吧，等过一阵子妈的心情好了，我再给妈接回来。"

振天如释重负地长出了一口气："说服你们还真不容易，看来咱们家还都是孝子。"看了看小婉扬了扬头，小婉不情愿地笑了。

外面的鞭炮声依然时不时回响着。今夜，雷鸣家的人很全，几个孩子都在这里安静地守着艳秋，只是少了与艳秋相伴一生、吵过闹过、也恩爱过的雷鸣一个人。

50

振宇为钱带兄弟干强迁

张扬的东风卷走了彻骨的寒冷，春意不经意间携一笔淡淡的色彩柔柔地贴近了肌肤，行行踵踵翻山涉水裹挟着嫩草的气息款款而来，雷鸣家的小院也享受着春的笛韵。

自从艳秋离开家去振天那里后，振宇就把他那些平日里一起要账的小兄弟们都叫了过来。

雷鸣家打破了以往的宁静，平日里没有着落的小兄弟们在这里也算是找到了他们真正的“大本营”。

房间里传来小九的声音：“别他妈的手里有两钱烧得不知道东南西北了，这惯得成天打麻将了，麻将也是你们他妈的打的？这屋里成天整的跟他妈炸药库似的，一喘气都他妈呛肺管子。”小九拄着拐杖几个屋来回地走动着，不管走到哪里都会找到袭击的目标，站在谁的身后谁都会先猫下腰，缩一下脖子。小九看着大家的动作满足地“呵呵”笑着：“都他妈学乖了，哈。”

振宇躺在雷鸣的房间里，心不在焉地边打着手机游戏边盘算着给振天要账赚来的钱都花到哪里了。所有场景一一过目，细数着哪个该花哪个不该花，计划着下一步的资金计划。

这时，手机响了起来，是自己进监狱前一起偷铁的东子的电话，不由得“扑哧”一笑，接通了电话。那边传来东子破锣似的声音：“大哥，最近咋样啊？兄弟们还觉得对不住你呢，有个五万块钱的活，你干不？”

“不干咋的？就替你们扛一回事，还指望你们养老呀？差不多就得了，哥们儿也不是破裤子缠腿的人。给点就得，也算咱兄弟没白担着。”振宇大笑着说道。

“振宇就是够意思，和你这样的人交一辈子值了。从来就没听你说过一句丧良心的话，就冲这点也得把你捧起来，不把你捧起来都对不住我自己！”

“别捧起来没完了，有事说事，不过先说到底是好事还是坏事，这些年兄弟在号里也待怕了，可不想再回去。你要是还想把我往号子里扔，可别说哥们儿和你过不去！”

“咋的，就这么看不起兄弟呀？我是那号人嘛？磨叽的，就凭为哥们儿扛过那么大的事，我要是再对不住你，我他妈的还是人嘛？”

“知道东子不能干对不住哥们儿的事，要是不知道你们是够义气的人，我再给你们顶罪那得多二啊？得了，少卖关子，说正事！”

“好，你多找几个兄弟，出来帮哥们儿现在的老板把那些不听话的、死赖着不搬家、办事突鲁反仗的钉子户全起走。不管用啥办法，只要不整出人命来，该砸的就砸。全部整明白，这五万块就是你的，出事老板兜着！”

“嘿，干强迁呐？我靠，那可真挺难的。不是老弱病残，就是我这号的，走了真买不起房子，要是迁到我这我也一样。”

“咋说的那么对呢！这帮钉子户就是欠打，没说大哥你哈。想动迁多整点，钱不整够就不走，找他们都唠过好几回了，整个老头儿、老太太往家里一搁，值钱的东西早就搬走了，就耽误你事。总嫌不够口，都给他们整够口了，那不就白忙活了嘛？你干不干？整好了就一两天的事！”

“不是不干，怕出事，这万一要是逮起来了，那可不是闹着玩的，我底子潮，闲打牙，小打小闹还行，太大了可不敢整。”

东子叹了一口气：“唉，要是能整出事，我能找你嘛？你是对哥们儿真不放心呐。白道上你就不用合计，老板全能摆平，好使。你的任务就放心地干，一天砸他一遍，诈唬的吓唬人还不会啊？别整出人命来就行。”

振宇手拿着电话，眼睛呆呆地向窗外望去，良久：“那，好吧，就这样，我听你的信儿，我去。干！”

53

语蝶怀二胎朋友去看望

馨雯和语蝶坐在语蝶家的客厅里。

“你干吗非要生孩子？生孩子单位还能要你了吗？”馨雯看着语蝶一字一顿地说。

“本来单位不知道，他们也找不着我。咱班同学那个大傻子带单位人上咱家来了，幸好我猫大衣柜里没找到我，要不就得带我把孩子做掉。你俩知道不，他们来咱家那天我差点没憋死。”语蝶生气地说着。

“你愿意要呀，生孩子有瘾？”在厨房里做饭的兰心将头探进客厅里、睁大眼睛看着语蝶，语调里充满着挑衅。

语蝶看了一眼兰心继续说着：“驹治和他妈一直也想生个二胎，说家里不能没有个男孩儿。”

“你想过没，要不是男孩咋办？”馨雯也责怪地问语蝶。

语蝶的手在肚子上不停地抚摸着，笑着说：“还真是儿子，我可长脸了！驹治都找人做了B超了。”

“可不是咋的！计划生育是给咱们计划的，没钱生不起更养不起了，人家有钱。”正在做饭的兰心跑进客厅看着墙上语蝶和驹治的结婚照，冲着驹治的照片“哼”了一声。

馨雯一脸迷惑地问道：“为啥非要生呀？你想要嘛？要是以后有啥变故你就彻底完了，你想过没？”

兰心看着馨雯撇了撇嘴：“你别装大了，你说话好使咋的？”伸手推了一把馨雯。

馨雯回头看了一眼兰心，兰心扬了扬脖子，晃了晃头，“呵呵”地笑着。

语蝶看着兰心也笑了：“看把你忙的？麻溜做你的饭得了。”又转过头看着馨雯说道：“现在不是我想不想的问题了，是我不要，人家会找别人生的问题。”

“为啥呀？不给生个小子就不过了？”还没有走进厨房里的兰心拔高了嗓门问道。

语蝶笑着看着兰心：“跟你过，找别人生，你能咋的？你敢说现在就没有给钱就帮生个孩子的女人吗？”

“啥样的没有？只要给钱啥都能干的有的是！现在的人可没处说去。都一样，男人也好，女人也好，谁也管不了谁，谁也没把谁天天别腰上。女人这一辈子啊，打小就爱做梦，以为找了个男人就多了一个人心疼自己。等生完孩子明白了，哪是找一个人心疼你呀，分明是找一个爹养活。”兰心用力地撕扯着刚刚从厨房里拿来的菜的黄叶。

“是女人生完孩子就爱上了家，负责任的女人哪个想离开家呀？除非万不得已。不是找了个爹，是找了个套子把自己圈上了。你说是不是？馨雯！”语蝶看着馨雯一脸的严肃。

馨雯看着语蝶点了点头："嗯，所以，老话说结婚之前眼睛睁大点，结婚以后试着睁一只眼闭一只眼。要是再不好就两只眼全闭上，有孩子有崽的还能跑哪去？扯心呐。"

"你说女人这辈子是不是犯贱？一个人过多好！为啥都要结婚呢？都说找一个你爱的人结婚不容易，我看离婚才是最厉害的！有时候都佩服那帮离了婚的女人，啥也不管了，什么孩子不孩子的！"厨房里的兰心接话说道。

语蝶看了一眼馨雯，将头转向厨房的方向："你呀，当初非要嫁给小海，说结了婚以后就不会乱跑了，要管住他。咋的了？管到半道起义了？要弃管？那你的气上哪煞去呀？还不得憋出个好歹的？"

"哎哟，语蝶。你能不能先把嘴闭上？你俩大小姐唠叨，我一个人做饭还损我，还让不让人喘气了？"

"谁让你利手利脚了，那速度像阵风。菜都让你蹂躏死了，还想把人也蹂躏死啊？"语蝶边说边"呵呵"地笑着。

"馨雯，痛快地！你也没怀二胎用不着你坐那陪聊。别搁那装！"兰心将头伸出厨房看着馨雯，趾高气扬地上仰着脖子。

语蝶看着兰心："哎，你忘了人家不是梦想家吗？做梦根本用不着做饭，靠想啥都解决了。"一副挑衅的样子转过头看着馨雯："梦想家的日子过得咋样了？"

馨雯站起身走向厨房，笑着瞪着兰心："我说做吗，你不让做，说做得不好吃；我不做了，你收拾我。哎，真是个娘们。"馨雯回过头对语蝶说："婚姻这东西没啥好不好的，考你们一道题吧：‘三个人过悬崖上的独木桥，一个是瞎子，一个是聋子，一个是正常人，你们猜哪个最后过去了’？”

“正常人呗！”兰心大声回答。

语蝶摇了摇头：“我感觉不是，他可能会害怕反而过不去。”

馨雯笑着说：“对喽，就那个正常人没过去。聋子过去了，因为他听不到悬崖下的惊涛骇浪。瞎子过去了，因为他看不到崖下是万丈深渊。他们只想走过去！”

“我给你们讲一个真实案例吧。”语蝶挺着肚子走进了厨房：“那天我送孩子上学回来的路上，看着一个男的和一个女的两个人难舍难分的，那女的才走了几步又被那个男人拉了回去，这个亲呐，最后两个人恋恋不舍地流着眼泪分开了。还是一步一回头不断张望着对方，我一直跟在那男人身后，刚转过弯那男人忙拿出手机打了个电话。你们猜是打给谁的？”语蝶看着馨雯和兰心：“快点猜。”

“爱打给谁就打给谁，有啥好大惊小怪的！你就是这毛病，啥事总神神叨叨的，爱我屁事！”兰心狠狠地回答语蝶。

馨雯笑了：“我想听听。”

“打给他老婆的！”语蝶“呵呵”笑着，学着那个男人的声音，一只手拿起了手机，一只手做插裤兜状：“老婆，我快到家了，这一夜把我累得终于干完了，你想吃点啥，我好给你带回去。”放下电话，语蝶一脸郑重地说：“这人呐，要是都想着管好自己已经有的都不错了，自己有的都管半道弃管了，还想把手伸得更长管外面的？”

“嗯，都说婚姻不幸福，其实就是一个模式过久了累了，想换个活法，让他彻底换谁也不干！那男的这样对他老婆，他不知道他老婆和他一样也这样对他。”馨雯“呵呵”地笑着。

“是呀，回头两个人要是知道了对方一天都干的啥那就得离，离了后重新找个人结婚，还得是这样各找各的。”语蝶摇着头说。

“你俩没事净整那恶心的，咱家小海可不能干这不干不净的事，他除了爱赌点啥也不能干！”兰心边咧着嘴边自豪地笑了。

“小时候的感觉和现在的感觉真是两码事，那时想男女在一起，对方的眼睛里就只能有自己，有一点点的变化都不是真爱了。现在想想，啥叫爱情啊？答：爱情就是一根绳上拴的两个蚂蚱，蹦不了你，也跑不了他，就得在一起将就着。”馨雯边说边“呵呵”地笑着。

“嗯，咱们要的都是心里想象的人，没有哪个人是完全合格的。咱们自己做的事都不是全心全意的，别人能全身心地对你？婚姻就是能彼此搀着一起走下去的两个人，只要想走下去，就得学会可以随时睁眼，也可以随时闭眼。”语蝶沉静，淡然地说着。

“咋了？”馨雯笑着问语蝶。

“我是认命了，感觉争不过命，咱们根本就没有能力改变啥。应该来的早晚会来，应该去的也早晚会去。争了又有啥意义？不是你的还不是你的，只能是给自己添堵罢了。”

“那你是有资本去认命。你啥都有了，根本就不用愁啥，我想去认命，能行嘛？我真饿吃不上饭呐！”兰心一脸的无奈，瞪大眼睛看着馨雯：“别嘚瑟了，痛快地。放桌子吃饭！”

54

振天晚归夫妻午夜争吵

振天家客厅里的电视正播着《还珠格格》，电视的喧闹声与午夜里的安静是那样的不协调。小婉从晚饭后就一直呆坐在客厅的沙发上，神色茫然地盯着落地钟，好像已经把思绪放飞到了凌晨一点的街道上。

西施犬蒙蒙静静地趴在小婉身旁，把头轻轻地枕在小婉的脚上，睡得正香。小婉听着房间里不时传出的艳秋那有节奏且响亮的鼾声，好似艳秋正在对自己说："我睡了，睡得很香，我知道这里也是家，在这里住得也很安心。"这让小婉的心里更加焦躁。

此时，房门被打开，一股浓浓的酒气一下子涌了进来，两眼猩红的振天摇摇晃晃地站在门口，直着舌头对小婉说："还没睡呀？这都几点了？和你说过不用等我，你就是不听。你就不能没事像妈一样进佛堂里看看我拿回来的佛书，安静地听会唱佛声？陶冶、陶冶自己的情操？好了，我回来了，该睡就睡吧！"

振天摇摇晃晃边摆着手边往卧室走去。

小婉看着振天的背影，眼睛随着他身影的变动不断调整着方向。

“雷振天，你站住！你到底是啥意思？天天这么晚回来，去找小姐了还是在外面养了一个？不想过就给我钱我走，要不就你滚蛋把东西留下！”小婉突然间大声叫喊着。

雷振天停下了脚步，靠在门框上，笑嘻嘻、软绵绵地挥动着手：“少是夫妻老是伴儿，哪能让你走呢？死也得死一块！”又竖起了食指，放在嘴唇上做了一个“嘘”的动作，小声说：“别吵，妈在睡觉呢。”

小婉“腾”的一下站了起来，走过去把电视机“啪”的一声关掉，怒气冲冲地大声叫骂着：“你还知道那是你妈呀？你还知道她要睡觉啊？我呢，白天上班，晚上不睡觉行不？你怎么那么丧良心？”

振天不耐烦地摆摆手，把头转向卧室，没好气儿地说：“谁不让你睡觉了？你不是犯贱吗？非得要等我。”

“我等你？成天深更半夜回来，开门声也得把我整醒。你以为你哪招人稀罕呐？”

“来吧，进屋睡觉去，咱别把妈吵醒了。”振天踉跄着走过去伸手拉小婉的手。

小婉扒拉开振天的手，一脸怒气地说：“你少碰我！自从你妈来，我就像过去的小媳妇似的忙里忙外地收拾，从里到外一点点地伺候着。从你把她接过来到现在，你掰开手指数一数，你干过一天这样的活吗？你是看小情住校，怕我待着难受，赶紧给我找个妈，省得我一个人在家无聊影响了你的夜生活是不？”

振天脸上的肌肉抽搐了几下，又挤出来一丝无奈的笑容：“谁说不管了，不是没有时间吗？我知道是我妈，你也辛苦了，回头我多给你钱不就得了！”

此时，艳秋房间内的鼾声不再响起，在午夜这一秒的时间里，更显出夜的冷森。

小婉盯着振天浮肿的眼睛，一步步到振天跟前不依不饶地大声数落着：“从你调工作到现在，你是在变，变得我都不认识你了。现在的你除了钱就是钱，好像我只是为了钱。雷振天，你能不能有一点点良心，我不是因为钱才嫁给你的，当初你可是身无分文的穷小子。数数家里当初哪样不是我带来的？不只是我的人！我得着啥了？是你们家的冷眼！我就是一个王八犊子，只认钱！”小婉将手里的电视遥控器重重地甩在了地上。

振天冷冷地看着小婉，上眼皮不再低垂着包紧下眼皮的后眼角，眼睛清亮了许多：“你他妈的就是四六不懂，我从来就没认为你是啥好东西，我是没办法才找的你！要不是当时家里穷，我能找你啊？找个猪都能听懂人话，找个狗都能晃晃尾巴，都比找你强！”

小婉拽着振天的衣服号啕大哭：“你真是个畜生，真是一点良心都没有，你的良心是不是让狼掏了？给你生孩子，把孩子养大，给你养着你的老妈，谁稀罕和一个傻了吧唧连话都说不明白的人成天在一起待着？这都伺候有四五年了，你还让我咋的！没功劳也有苦劳吧？吃东西总是嚼完了吐，吐完了捡起来重嚼，和她一起吃饭都恶心。还派个小姑子成天监视我，就她生她家小龙的时候我消停了一阵子，人家命也好孩子不用管，没消停多少时间又来了，好像我能把她妈药死似的。”

振天瞪圆了眼睛，怒气冲冲地用手指着小婉的鼻子说：“你不许再喊了，听着没？”

小婉不示弱地扬着脖子看着振天的眼睛大声叫喊道：“你就不是个人，你是不是外面有人了？你个不要脸的！”

就听“啪”的一声，振天那已经吃得肥厚的大手打在了小婉瘦削的脸上。

小婉捂着脸，呆呆地站在那里，直直地看着振天，仿佛她是第一次与振天接触，以前从没有相识过。

振天走进卧室，“咣当”一声关上了房门。

不知什么时候，艳秋的房门开了一道细小的缝隙，在细小的缝隙中依稀可以看到艳秋穿的白色睡衣的一角，瑟瑟颤抖在夜的无边黑暗里。

夏日的夜，不情愿地恢复了宁静，压抑而又沉闷，好像正在孕育着一场暴风雨！

55

干工程振天振宇邀中标

晚秋的公园里，枝头上垂挂的枫叶用火红已不足以形容，那几片沉淀的红、深凝的红在伸展的脉络里集结着岁月的沧桑，伴随着风散落在一片枯黄中，好似在不断地提醒人们秋已成熟。

语蝶陪着艳秋在公园里小河边的椅子上静静地坐着。

艳秋苍白而整齐的短发在脖颈处弯曲地向里伸展着，好似她那柔弱的性格，当遇到一些难以梳理的问题时就会很自然地回避着，宁愿那头发像针一样扎进肉里也从不反抗。艳秋的额头上已满是细小的皱纹，眼神里透着些许无奈又隐藏着豁达与释然，她静静地、时不时地用手接着被秋风吹落的树叶，把泛黄而枯萎的叶除去留下叶柄。

艳秋的手心里积攒了很多的叶柄，充满慈悲地盯着她手里那一小捆叶柄，偶尔浅浅地笑笑。好像沉浸在她爱了一生、呵护了一生、而今都已经长大再也无法劝说，也不能重新教育的孩子们小的时候，没有伙伴玩耍缠着她玩“勒狗狗”的游戏中。

语蝶轻轻地打开了艳秋那只握了一捆叶柄的手，拿出来一根略粗的叶柄看着艳秋的眼睛，用手把叶柄拉直，放在她的眼睑下，笑着说道：“妈，来，我们玩‘勒狗狗’。”

艳秋看着语蝶的脸上有了一丝欣喜的笑容，在手里的叶柄中选出了一根最粗的，把余下的叶柄放在自己身旁的小凳上，眼神中似乎充满了自信，看着语蝶说声：“来。”拉直了手中的叶柄。

语蝶松开一只手将叶柄与艳秋的叶柄交叉成十字，两个人用力地拉着。

艳秋的叶柄完好无损，语蝶手里的叶柄已经一断两截儿。

艳秋看着语蝶“呵呵”地笑着。

语蝶笑着又拿起一根：“来，妈，再来一次。”艳秋再一次拉断语蝶的叶柄。

艳秋又“呵呵”地笑了，慢慢抬起手放在语蝶的额头上。顺着语蝶的发髻，慢慢将语蝶额头前的几根头发轻轻别在语蝶的耳后。突然，艳秋快速在语蝶的头上拿起了什么，重重扔在自己的身后。

语蝶“啊”了一声，站了起来：“妈，咋的了？是不是我脑袋上有虫子啊？”边说边低下头，双手快速地在头上从上往下擦着。

艳秋的眼神中依然充满慈爱：“虫子，没有了。”

“妈，快看看，快看看还有没？”语蝶蹲下身子，将头放在艳秋的怀里。

艳秋轻轻抚摸着语蝶的头发：“别怕，没有了，没有了。”

小龙跑过来蹲在语蝶旁边，拉起语蝶的手，看着语蝶的脸，一脸严肃地说道：“妈，姥姥刚才的动作那叫一个帅！稳，准，狠。直接撂倒！”

艳秋笑了，语蝶也笑了。

小龙转过头看着艳秋：“姥，你不是说不杀生吗？刚才那虫子不是生？”

艳秋瞪了一下眼睛，连忙双手合十。

“姥姥总说没分别，没分别还是有分别。”

语蝶看着小龙“呵呵”地笑了：“还记着妈给你讲的妈做的那个梦吗？”

“我知道了，是不是巨人的大肚子里的那个。”

“嗯，就是那个。你姥说她还在用棍子搅水，等哪天真把棍子扔了，妈和那虫子就一样了。”

三个人都“呵呵”地笑了。

语蝶伸手挽起艳秋的手臂：“妈，咱今天先玩到这儿，明天我早早就来接你，咱还来这玩大战‘勒狗狗’的游戏。今天说啥得先回家了，小龙作业还没写完呢。”艳秋不情愿地望着语蝶的脸，刚刚眼神中的欣喜慢慢平静了下来。

语蝶忙问道：“咋了，妈？”轻轻用手捧起艳秋的脸边点着头边说：“明天咱还上这，不许说话不算数。”说着伸出小手指放在艳秋的眼前，与艳秋的小手指拉在了一起大声说着：“你拉我，我拉你，说话不算不理你！”小龙也把手放在了上面，和艳秋快乐地附和着，三个人将大拇指按在了一起。

振天家的书房里，振宇看着艳秋手里拿着那张她和雷鸣结婚时的照片坐在佛龛前，偶尔抬头看看佛像，偶尔低头又看看手里的照片，一会儿笑一会儿又流下眼泪的艳秋心里有种难言的无奈。他轻轻走到艳秋身边，拿过艳秋手里的照片："妈，都过去这么多年了，爸活着的时候就讨厌人哭，你没事就别总哭了啊。"

艳秋抬起头看了看振宇："我是哭——你爸——傻呀，咋就——不知道——他能管的——只有他——自己的——心呐？他要是——知道看啥——不顺眼——是自己的——事，咋能走得——这么快——呢？"

振宇愣愣地看着艳秋。

此时，振天回到了家里，振宇赶忙走了出去："咋这么早就回来了？大哥。不是说你那帮同学非得让你和他们喝点嘛？"振天一脸无奈地说："喝啥呀！不去说不给面子，说当官就不认人了。去呗！没办法，'点个卯'就撤呗，这帮人啥也不是，有事没事就爱往一块儿凑合，成天整些用不着的。哎，他有钱我都没时间，成天整得人困马乏，你嫂子就因为我喝，成天和我干。这帮人可得好，也不管人家里咋样，想喝就非得喝。这样的人花多少钱也办不成事，猪脑袋，还总要我帮忙。"振天将脱下的外衣挂在自己的衣橱里，拿出居室里的衣服换上。

"同学嘛，都这样，能应酬就应酬一下。"振宇坐在客厅的沙发上，眼睛随着振天走动的位置移动着。

振天走了出来，边走边眉飞色舞地和振宇说："你都不知道今天都出啥笑话了？听说我要走，求我调工作的那个大江本来映映着要请我，没有几杯酒下肚就喝得不知道自己要说啥了，非得让我把账结了，说他没钱，他家钱有用。喝酒时还让我多喝点，说他喝多了难受，真是一点整都没有。”

振宇“呵呵”地笑了：“你的同学也够可以的。”

“哼，喝完就没人形，都拿自己不当外人了，还想求我办事？”振天摇了摇头继续说着：“当初我求学强的时候，那才叫求呢，求爷爷告奶奶的，我可是真舍下了自己的脸，一点点地伺候，不敢多说一句话，生怕说错了就没戏了，不给信儿就等着。这帮人可好，这不是拿我当‘冤大头’嘛？直到现在咱还是该咋的咋的，恩人就是恩人。”振天抿了抿嘴摇着头，后眼角尽力拉开着。

振宇的两只三角眼尽力地往一起挨着：“这人可真没处看去，大江这人不错啊，以前咱们小的时候我还记着他总上咱家呢。他咋变得扬了二正的了？真是三十年河东三十年河西啊！还想着就他能有出息呢。”

振天倒了两杯咖啡放在厅里的酒柜上，抬身坐在高高的转椅上，用手指了指旁边的转椅：“来，振宇，趁小婉现在不在家，哥要跟你合计点事。”

振宇赶忙起身坐在振天身边：“啥事啊？大哥。是不是想让妈回我那儿住呀？我刚才还想这事呢！”

“不，妈在我这挺好，就你现在家里那样，我怕妈回去上火。先不扯这个，有大哥就应该让妈在大哥家住。咋也轮不到你！”振天摆了摆手。

“哥，也别太屈着自己，妈又不是你一个人的，老大也不该死，也该让你宽敞几天了。你也得跟大嫂好好处处了，不管咋的也是小情的妈，我看还是让妈回家的好。”

“你就别跟我争了，有我就轮不到你们。我这辈子最遗憾的事就是娶了你大嫂，她真是五迷三道的四六不懂。你说我现在啥都有了，要啥给她啥，她还是成天和我对着干，还说不稀罕钱了。没钱的时候成天骂我，现在我把钱给她供得足足的，又挑刺，说我成天晚上不回家。你说哪地儿不抹油能亮堂？她爱咋咋的吧，少搭理她。回头我给妈请个保姆比她照顾得好，你就放心吧！”振天边摆着手边说。

振宇无言地看了看振天。

振天看着振宇，放在酒柜上的手指不停地敲动着：“我手下有一个厂子解体了，你把那块地给拿下来！”

振宇一脸疑惑地问道：“咋拿呀？我也没干过，我都不知道哪跟哪，你看我能行？我就会帮人拆个迁、要个账，大事干不了，小事混口饭。再说了，是不是还得有手续才能干？”

“资质。”振天点了点头。

“对，资质。”

振天“扑哧”一声笑了出来，慢条斯理地说：“你呀，干不了大事，就是个小混混，应该成点事了！拿出点气质样来。就你干那点愣头青的活，还想整出个样来？！你可收收吧，现在的钱多毛啊，百万不算富，千万刚起步。你可别没事闲打牙把时间都糟蹋了，数数你都处几个对象了，不都是整一段时间就得吹嘛？哪个正经人家的女的敢要你？还想讨个公检法的娘们？总这样下去也只能是在红灯区里晃，要么就搭伙过日子。没事的时候也用用功，看看书，别总扯闲白儿。现在社会就得学学鬼谷子的揣术，要学会拿一把万能钥匙开万把锁。知人心，办大事，见人下菜碟，不能做鹤立鸡群也不能做鸡立鹤群，在鸡群里就做好鸡，在鹤群里就学着做鹤。该不显山不露水儿的时候就得卧着，要干就得一炮干响！”

振宇眨动着不太大的三角眼，一脸郑重其事地说：“哥，咱就为了讨个带劲的媳妇这事，我明天就买两本书看看，免得你老瞧不起我。那可是要一起过日子的，可不敢马虎，要找也得找个有样的，将来生孩子也能给孩子一个交代。龙生龙、凤生凤，老鼠生的孩子天生就会打洞，那是绝对不能行！”

振天伸出一个大拇指笑着说道：“行，好小子，这才是我们老雷家人呐！有志气！咱就为了这个目标，成大事，咋样？回头从我这拿两本像样的书你回家看看。”

“好！咋成大事？我不懂啊。”

“你啥也不用懂，到时候借个开发的资质，和几个开发公司一起竞标，他们给的价低，你的价最高不就拿下了。”

“到哪去找那几个开发公司，咋能肯定他们给的价就一定会比我给的价低呢？”振宇还是一脸疑惑地问。

振天又笑了笑说：“我邀标，那几个开发公司都是我请的，我让他们出啥价就得出啥价，回头等你把地拿下来，咱再给他们弄点好处不就得了。”振天“哼”了一声。

“工程那么大，一定得用老鼻子钱了，就我手里那点钱能干吗？我看还是不行。”振宇摇着头说。

振天大声笑着拍了拍振宇的肩膀，眉飞色舞地说道：“你真是个瘪三！啥都不用愁，你不是还有个大哥呢嘛？！”

56

二十几年后同学再聚会

窗外的雨下得越来越大，雨点在风的裹挟下用力敲打着办公室的窗户，雨水一点点地向下流着。从车间里赶回来的兰心两眼红红的，脸上不知道是雨水还是泪水：“帮我请个假，我先回去了。”匆忙拿出办公桌里的背包，没有打伞就冲出了门外。

馨雯莫名地看着兰心，忙拿起挂在办公桌旁边的伞，一路追赶着兰心：“你咋的了？”伸手拉住兰心的手。

兰心用力甩开了馨雯的手：“没事，你别问了。”

馨雯安静地跟在兰心身边，一路走到公交车站，兰心无力地趴在馨雯的肩上：“我有点走不动了，你还是先送我回家吧。”

两个人一路无语地回到了兰心的家。

兰心趴在床上眼泪不停地流着，馨雯默默地守在兰心的身边。

房间里非常的安静，外面的雨依然下着。

背对着馨雯的兰心把身子放平，用手使劲往上搓着额头：“小海进去了，我给语蝶打了电话，不知道能不能帮忙把他整出来。”

馨雯睁大了眼睛："他干啥了？进去了！"

"先别问了。"兰心又转过身子背对着馨雯。

良久，一阵急促的敲门声，馨雯走过去打开了房门，语蝶走了进来。

兰心盯着语蝶的脸，语蝶摇了摇头："立案送到检察院了，要是在公安局还行，对不起，我真帮不上啥忙了，你再看看检察院那边能不能托着人？"

"我认识谁呀？这辈子啊，从打结婚就没得好，十年得有八年在监狱里待着，不是撒谎就是撂屁。这回出来本以为他能学好，我妈家动迁怕我委屈着给我点钱，他说跟别人投资工程，说得有板有眼像真的似的把钱全拿走了。这下可好，家里的钱全没了不说，还有几个要账的天天上家堵来，我这过得叫什么日子吧？这回好，更干脆了，直接进去了！这以后我带个孩子可咋活啊？"兰心把头靠在床头上，手不断敲打着大腿，眼泪不停地流着。

语蝶和馨雯呆呆地看着兰心，都流出了眼泪。

开门的声音，兰心使劲睁了一下眼睛，快速地说："孩子回来了，他就要高考了，先别提这事。"

三个人急忙擦了擦眼泪，伯跃走了进来："妈，做饭没呀，我都饿死了。"

"没看着你两个姨来了，我这就做。"边说边往厨房走，冲两人用力眨着眼睛。

语蝶和馨雯相互看了一眼，跟着兰心走进厨房，关上房门：

"咱俩儿也回去了，你也想开点。"

兰心点了点头，两个人走了出去。

外面的雨依然下着，语蝶和馨雯撑着伞在路上慢慢地走着。

语蝶转过头看着馨雯："兰心活得真累！听咱家小叔子说，他有前科，这回肯定不能少判。"

"嗯，我倒感觉小海还不如一直判着，免得兰心放不下他。还不如一个人带着孩子过安静的日子，穷有穷过，富有富过。"

"小海进去兰心就放下了？"语蝶"哼"了一声。

"嗯，看不着了心静。"

"放不下的是她的心，小海都几进几出了？他自己不想改变，兰心着急有啥用，该进去还进去。"

馨雯摇了摇头又点了点头："嗯，也真是，路都是自己走的。"

"嗯，自己种的因，果也得自己受。对了，咱班同学聚会我没去上，也不知道他们都咋样了？"

"这回真齐，于峰和董飞还有王波全去了。"馨雯笑着说道。

"啊？真的？于峰和王波差不多二十年没有消息了，都干啥呢？还挺想他们的呢。"

"嗯，他们还打听你了呢。于峰现在是一家公司的高管，他说他学会了用屁股思维。"

"啥叫用屁股思维啊？"语蝶瞪大了眼睛看着馨雯，脸上展露着惊讶的笑容。

"坐什么位置就考虑什么位置的事。"

“哎哟，这家伙学得挺能拽啊！”两个人“呵呵”地笑了。

“嗯，王波咋样了？”

“王波说屁股在哪是屁股的事，和他的心没有必然的关系。不管屁股在哪，也是君子乐得做君子，小人愿意做小人。吃的用的都是自己的，用没了就拜拜了。”

“王波变成这样了？”语蝶疑惑地问道。

“嗯，咱班同学说王波说得太高大上了，让他遁世，啥也别干了，直接空了得了。”馨雯“呵呵”地笑着：“你猜王波咋说的？”

“快说，王波咋说的？”语蝶把自己的伞收起，迅速来到馨雯的伞里挽起了馨雯的手臂，弯着腰转过头盯着馨雯的眼睛。

“王波说空不是没有，是能生万有，是有的祖宗！找不到祖宗的人就跟盲人摸象一样，摸哪是哪。放下是放下挂碍的心，不是事！”

“太帅了！看来他是真找到他要找的了，你有他电话没？我也想认祖归宗。”

“有，QQ也留了。当时我就想这家伙一定跟你对撇！”馨雯转过头看着语蝶。

“是呀，我是知道是狗屎还止不住吃，我想认清狗屎后坚决不吃。”

“知道是狗屎还吃不是傻了吗？”馨雯迷惑地看着语蝶。

“都知道生气不好，一有事哪个不生气？”

“你的意思是知道生气不好就能不生气？”

“是，同样的一件事，不同的人就会有不同的态度。事从来就没有错，错的是自己的解读，这叫内观。别成天盯着别人对了错了，看清自己咋样比啥都强。”

“嗯，都想看得清，做得明白。结果却是当时感觉挺明白，事后才知道后悔。”

“所以说糊涂啊，不知道从根上找自己的错，总是在结果出现时痛苦。要不是想当初咋咋咋，也不会现在得咋咋咋……咋也得该咋还咋！”语蝶“呵呵”地笑了。

“你就好好地研究你自己吧，有好玩的也不告诉你了，反正你也不感兴趣。”馨雯一脸的沉静。

“还有啥好玩的，别不说啊，快说。别卖乖！”语蝶把手放在馨雯的腋下。

“你说，还有啥没说？”馨雯边躲边问。

“我哪知道你还有啥没说？嘚瑟！”语蝶笑骂着馨雯。

“还说我嘚瑟，董飞没说你都不知道，还说我卖乖！”

“行、行、行，我错了，你快说吧。你是我亲哥！”语蝶点着头，承认错误。

“这还差不多。”馨雯晃了晃头，扬起了眉毛：“那天聚会董飞半天也没来，于峰给他打的电话，问他咋好几回聚会都不来了。咋的了？你猜他咋说的？”

“他咋说的？”

“他说他被规了，刚放出来。”馨雯边说边“哈哈”地笑着。

“啥，他是干啥地啊？他被规了，这也赶时髦？”语蝶也

“哈哈”笑了起来：“聚会他不是去了吗？”

“嗯，来了。来了就放桌上两个针管，说一会扎针用，还打了两个哈欠。”

语蝶笑得弯下了腰，冲着馨雯摆着手：“妈呀，咱班咋尽出人才呀？”

57

振天车祸艳秋住敬老院

自从振天打了小婉后，小婉再也没有与振天正面发生过冲突，每天吃完饭就出去打麻将。

艳秋依旧每天都坐在佛龛前静静地数着手里的佛珠，看着振天拿回来的佛书。

小婉吃过晚饭后出去转了一圈，因为没有合意的麻友早早就回到了家里，见书房的门紧紧地关着，好像里面有人正在翻箱倒柜地找着东西，忙用力敲打着书房的门，大声问道："谁在屋呢？谁？"

书房里传出振天的声音："我，没事。"

小婉依然继续敲打着书房的门问道："你找啥呢？还想把家里的东西都搬走？"

屋内传出挪动的脚步声，房门开了一条缝隙，振天站在门口阴沉着脸大声说道："和你没关系，我啥也不要，都给你留着！"转过身将房门锁上。

小婉顺着缝隙往里张望着，振天跪倒在佛像前，香炉里香烟缭绕，两盏莲花灯透着柔和的红光。身边是散落一地的各种书籍，书架空空地放在那里。

小婉悄悄地奔卧室走去。

振天在书房里翻了好久后，来到艳秋的房间，坐在艳秋身边，两眼直直地望着艳秋："妈，有时我感觉我真的对不起你和爸，你说爸到底是不是我气死的？我咋突然间感觉爸是我气死的呢？你能不能告诉我？我就相信你的话，你说呀！"

艳秋没有看振天，轻轻地笑了："没有谁——能气死——谁，只有自——己放不——下。你气他——是你的事，他生气——是他的事。来的不——一样，走的也——不一样。该怎么来——就还怎么来，该怎么走——就怎么走。"伸出手轻轻地抚摸着振天的头："别成天——跪在佛像——前了，想好受，就问问——自己的心吧，你跪他——不懂得——自己的心——也没用，他也是——泥做的。"

振天看着艳秋的脸好久，紧紧地把自己的头贴在艳秋的怀里："你跟我过了这几年我真没照顾你啥，连进你屋里待会儿的时间都很少。有时感觉自己就是在摆样子给别人看，看我是个好儿子，知道养妈。其实我自己心里明白，我没有尽到孝。"振天摇着头，眼泪流了出来。

艳秋抬起头，手依然轻轻抚摸着振天的头发："是妈——不对啊，没带你——找着好——道。该放下的——就放下吧。"眼泪从艳秋的眼睛里慢慢流了出来。

"振宇和语蝶总说要把你接走，我为啥不让他们接走你呢？那是我怕别人指我的后脊梁说我不孝，其实我才是真的不孝！

你知道我为啥这几年过年总不爱回家不？我不敢听你说起爸，更不愿意看到你手里拿着爸的照片。总是想着爸临走的样子，我还是怕呀！”振天放开了艳秋，慢慢走出房间，轻轻带上了艳秋的房门。

振天急匆匆地下楼，脑海中不断浮现着新来的局长开会时讲的话：我信奉姜太公用人的六守，具体咋就甭说了啊，也记不住太全，大概的意思就是看一个人咋样，有几点很重要。一要看这个人是不是见女人就有色心，二要看在钱面前是不是想贪为己有，再有就是和朋友交是不是讲义气，在权力面前是不是争得头破血流。这几样有一样，这人就干脆不能用。我是最不愿意整利益小团体，有能耐凭自己的本事。我希望我退休后你们一提起我感觉活得充实，是正能量……

振天脚步匆忙地将两只皮箱和两个大编织袋放在了车的后备箱里，开着车在高速公路旁的副道上狂奔着。

他用力眨着自己的眼睛，尽力拉扯着后眼角，以保证眼前没有雾蒙蒙的状态。振天左手搭在方向盘上，举起右手摘下眼镜用力地揉着眼睛，以确定公路两旁站的不是穿着红衣服的人群，他一遍遍地揉着，用力地睁着眼睛。他确定了，两旁站的就是人群，人们在向他招手，每个人的脸都毫无血色，呆板却又挂着僵硬的笑容，那笑容和振天耳边呼叫的笑声完美地 结合着。

振天睁大了眼睛，用力抓紧方向盘，把车速调到五档，将油门踩到底，他想冲出人群。两旁的人群不断地密集，人们向公路中间聚拢着，空中站满了有序的红衣人群。振天睁大眼睛迅速回头，车尾也有序地站着红衣人群，上方、下方。他被红衣人群包围在中心点，他们的脸上都挂着僵硬的笑容和振天耳边呼叫的笑声附和着。

“雷振天，你对得起公仆二字吗？”振天看到了雷鸣站在空中，他迅速将刹车踩了下去。

前面的大货车只拉了一根铁钎，那只铁钎就那样准准地从振天的喉咙穿了过去。车的后备箱敞开着，在漫天飞舞的钞票中翻滚，随着飞花一样的钞票落满车体，他的心跳也戛然而止。

振天的脸上挂着一丝难以察觉的笑容……

养老院里语蝶边给艳秋洗着脚边说：“二哥也真是的，说走就走，把妈放这他也放心？说是有笔生意，时间得长点，也出去走走，这都快大半年了咋还不回啊？哎，金窝银窝也不如自己的狗窝啊，要不是我跟婆婆过，说啥也不能把自己个儿的妈送这来？现在想想跟大哥大嫂那暂……”语蝶的脸瞬间僵硬没再说下去，快速抬起头看着艳秋的脸。

艳秋看着语蝶：“你婆婆身体还好不？”

语蝶刚刚僵硬的脸慢慢舒展着：“嗯，还好，还好。”迅速把艳秋的脚擦干，扶艳秋躺在床上。

艳秋安静地躺在床上：“那就好，这两天别走了，我要走了。”

语蝶看着艳秋：“你能上哪去？你就说想让我多陪你待会，别人再好也不如自己闺女陪着得劲儿。”语蝶起身把洗脚水倒在卫生间里。

艳秋笑了，语蝶也“咯咯”地笑着。

“妈，快看，二哥又感慨了。”语蝶拿着手机给艳秋看着振宇发来的信息。

艳秋看着语蝶：“你二哥说了怕我惦记他，不管走到哪都报告一声。”

语蝶“哼”了一声给艳秋念了起来：今早听逻辑思维，似有所悟，行脚做驴半年余。常听圈中驴说：“说走就走那才是驴，细想不假，既然是驴不问人事，那还啰嗦什么。说走就走的最高境界，我以为：夜半梦中起身就走……”

后　记

当看到老面孔被新面孔逐渐替代，一颗颗心在挣扎中或沉沦或涅槃。我会问自己这就是生命本该遵循的吗？我到底是谁？为什么来到这里？在定长的生命里，鄙视昨天、重复昨天，又想追求永恒的个体，我想翻阅所有的书籍找回生命的本体。

人生就是身体与心智成长的历程，外相的发展是必然的，心性的成长则取决于个体对生命的认知。每个个体都在自我心理的暗示中生活着，又在暗示方向的调整中改变着生命的取向，而终止则锁定在自我范畴的快乐与幸福中。对于不断探寻心灵的人会反观自己不断转变的心理状态，开始找寻真心，从而追寻内心解脱的大路。

福禄寿禧就外相而言也许具有历史意义，而就心灵世界依然可以孤独无依。在刹那生灭的目标转换中，个体的心里方向受外界的刺激或心随境转或境由心生，但最终都以追求自我被满足被认可为归宿。

只有不断地放下自我，才能成就整体，最终依于整体做个体该做的事。一即是整体，整体即一。若不执着于个体需求怎会有快乐和痛苦这对孪生子？所以生命的意义就是回归本体，也只有这样才能不被烦恼所控制。依于整体，能看到个体的喜与悲，却又不在个体的喜与悲里。